KB206620

하루를 살아내는 이들에게 전하는 온기

나를 일으킬 용기

하루를 살아내는 이들에게 전하는 온기

나를 일으킬 용기

서효선 에세이

알파미디어

프롤로그

선배를 알아서 참 다행이에요

온종일 시계를 보며 뛰어다닌 하루의 끝, 회사 건물의 가장 마지막 문이 열리고 찬바람이 코끝으로 스며들 때면 눈물이 후드득 떨어졌다. 눈물은 항상 '오늘도 잘 끝냈다'는 안도감이 느껴질 때쯤에야 겨우 몇 방울 흘렀다. 주저앉아 울 시간은 없었다. 근무표 운이 없는 날이면 잘 수 있는 시간은 겨우 네 시간 남짓이었다. 깊은 한숨과 함께 뺨에 맺힌 눈물을 쓱 닦고 서둘러 발걸음을 옮겼다. 스물셋의 내게 절실하게 필요했던 건 '시간'과 '잠' 딱 두 가지였다.

스튜디오 문을 열자마자 보이는 커다란 전자 초시계는 늘 내게 말했다. '여긴 감정의 흔들림이 허락되지 않는 곳이야.' 그렇게 온 힘을 다해 참고 견디며 새벽 6시부터 밤 10시까지 매시간 뉴스를 채워 넣고 나면 어느새 하루도 끝나 있었다. 지금이 낮인지 밤인지 구분도 잘 되지 않는 녹초가 된 퇴근길엔 온종일 참았던 눈물이 그렁그렁 차오르곤 했다. 그래도 속 시원히 울진 못했다. 하루하루 지쳐가는 나와 달리 야속하리만큼 꿋꿋이 흘러가는 시간은 일상에 감정이 끼어들 틈 같은 건 허락하지 않았다. 돌아보니 20대는 차오르는 온갖 감정을 꾹꾹 누르기 바빴던 날들이다.

어려 보이고 싶지 않은 '자존심'도 눈물을 참는 데 한몫했다. 내 20대는 어딜 가나 항상 제일 어렸다. 그렇다고 세상이 나를 특별히 봐주진 않았다. 월급 받으며 사는 삶의 무게란 누구에게나 무겁지만, 특히나 사회초년생이었던 20대 초반에는 그 무게가 특히 더 벅찼다. 가장 힘들고 외로웠던 시기였음에도, 힘들다고 말하면 어린애가 징징대는 것처럼 보일까 두려워 참고 숨기 바빴다. 꽤나 직장인 같아 보이는 오피스룩에 사원증을 걸었지만 많은 것들에 자신이 없었다. 지금 울어버리면 다음 날 다시 아무렇지 않게 출근할 자신이 없었던 건 물론이고, 갑자기 나를 둘러싸는 낯선 사람들은 어렵게만 느껴졌다. 감정에 흔들리는 게 무서워 나도 모르게 피어나는 사랑의 싹은 채 틔우기도 전에 잘라버렸다.

쉴 새 없이 달려오며 언젠가는 나아지리라 믿었다. 빨리 달리면 저 어디쯤에선 쉴 수 있을 줄 알았다. 아니 적어도 쉬엄쉬엄 걸을 수 있을 정도의 여유는 허락되리라 믿었다. 그렇게 나는 막연히 '서른'을 동경했고, 그 믿음 하나로 20대 내내 줄곧 이 악물고 달렸다. 가끔 뒤돌아보

5

고 싶은 날도 있었다. 그래도 버텼다. 완벽해지려는 욕심에 후회하고 싶지 않았으니까.

후회하지 않으려고 온몸에 힘 가득 주고 살아내느라 뒤를 돌아보기까지 더 오래 걸렸다. 그리고 뒤늦게 깨달았다. 뒤돌아보려면 앞으로 나아갈 때보다 훨씬 더 큰 용기가 필요하다는 걸. 사실은 아주 그리웠고, 보고 싶었는데. 살면서 이보다 더 뜨거울 수 없었던 20대 초반의 나를 돌아볼 자신이 없었다. 한때 온 힘을 다해 빠져나오려고 발버둥 쳤던 기억과 직면하는 건 너무나 무서운 일이었다. 마주하면 울지 않을 자신이 없었다. 여린 체구로, 하루하루를 너무 열심히 꽉 채우느라 상처투성이가 된 나를 인정해야 할 테니까.

20대의 마지막 페이지를 잘 쓰기 위해 잊힌 기억을 더듬으며 밤잠을 설쳤다. 돌아보니 별반 다르지 않았다. 사랑엔 서툴렀고, 꿈 앞엔 이보다 더할 수 없게 간절했다. 사람을 쉽게 믿은 만큼 크게 상처받았다가도, 강아지가 꼬리를 흔들며 달려나가듯 해맑게 세상을 향해 뛰어들었다. 그렇게 데이고 무너지고 넘어지는 날들 속에서 조금씩 성장했다. 세상에 지고 싶지 않아 홀로 끙끙대던 사회초년생에서, 세상에 잘 지는 것도 중요하다는 걸 아는 제법 '선배미' 풍기는 어른으로.

스물아홉의 나는 요즘 후배를 마주할 때면 지난날의 내가 겹쳐 보인다. 후배의 두 눈을 제법 평온한 마음으로 마주하며 '누군가에게 시선을 건넬 만큼의 여유가 생겼구나' 실감하다가도, 아이들이 꾹 참았던 눈물을 쏟아낼 때면 마음이 무너진다. 버틴다는 게 얼마나 위대한 일인지 아니까. 눈물을 쏟아내는 게 얼마나 많은 용기를 필요로 하는지도 알았으니까. 그 힘든 시간 속에서도 하루하루 버텨보려는 마음들이 내 눈엔 너무나 반짝였다. 별들을 안아주며 간절히 빌었다. 너의 하루가 너무 아프지 않기를.

대화의 끝에서 후배들은 '선배를 알아서 참 다행이에요'라는 과분한 인사를 남긴다. 해줄 수 있는 모든 건 다 해주고 싶은 그들에게 전하고 싶은 이야기를 모아 이 책에 담았다. 더 나아가 저마다의 세상과 맞서고 있을 사회초년생들에게 이 책을 통해 꼭 말해주고 싶었다.

바람이 나를 향해 불어올 땐, 잠깐 멈춰서 웅크려도 된다고.
조금 지나면 바람이 너의 등 뒤에서 불어와 한걸음 수월하게 나아가게 해줄 테니.

목차

버틴다는 건 그 자체로 위대한 일

예쁘게 안녕, 다시 쓰는 나의 20대

딱 이만큼의 온기 – 너와 나의 직장 생활

부디, 나를 잃지 말아요

믿을 건 나밖에

"이번 역은 디지털미디어시티, 디지털미디어시티역입니다."

내가 봐도 어색한 정장과 구두, 그런 나와 달리 원래부터 으리으리했을 것 같은 커다란 사옥, 이 공간이 익숙한 듯 사원증을 걸고 바쁘게 오가는 사람들. 면접을 보러 가면 공간과 사람에 괜히 주눅이 들어 발걸음이 빨라진다. 특히나 사회초년생이라면 더더욱.

하나도 떨지 않았다면 거짓말이겠지만 상대적으로 나는 면접 볼 때 긴장을 덜하는 편이었다. 같이 스터디 하는 동료가 '너는 참 호수 같은 사람이야'라고 표현할 만큼. 평소에도 감정의 진폭이 크지 않은 성격 덕도 컸지만 그래도 누군가 면접 볼 때 떨지 않는 비법이 뭐냐고 묻는다면 켜켜이 쌓아 올린 시간 덕이라고 말해주고 싶다.

일찍부터 방송을 하고 싶었기에 전공도 언론학을 택했고, 입학하자마자 아나운서 준비를 시작했다. 첫 방송은 1학년 때 학교 아나운서로 시작했는데 이때부터 연습량이 엄청났다고 자부한다. 눈뜨자마자 시사 라디오를 듣고 신문을 읽으며 시사상식을 공부했다. 매일 새로운 뉴스를 열 꼭지씩 연습하며 촬영하고 피드백 받고를 반복했다. 마치 대장장이들이 쇠를 물에 넣었다 빼었다 하며 담금질하는 것처럼. 선배들과 교수님들의 피드백은 항상 들고 다니는 나만의 연습 노트에 빼곡히 기록했는데 지적을 많이 받은 날에는 집에 와 노트를 다시 읽어보며 많이 울었던 걸로 기억한다. 그렇게 아끼는 연습 노트와 뉴스 원고, 필기들은 아직도 내 방 책꽂이 가장 아래 칸에 간직하고 있다. 백지였던 노트가 한 장 한 장 채워지고 깨끗했던 뉴스 원고가 깜장으로 변해가는 과정이 그때는 그렇게 재밌었고, 두근거렸고, 행복했다.

꾸준히 쌓아 올린 시간은 면접장에서도 빛을 발했다. 면접관들이 내 강점을 물을 때면 항상 꾸준했던 4년이 제일 큰 강점이자 내 자신감의 시작이라고 답했다. 지금 생각해보면 참 순수했던 게, 그 시절의 나는 방송에 대한 열정과 꾸준함이 담긴 그 시간이 돈으로도 살 수 없는 가장 큰 자산이라고 자부했다. 사회생활을 제법 해본 지금에서 추측해보자면 아마 면접관들의 눈에는 이렇게 답하는 스물세 살의 내가 그저 예뻐 보였을 것이다. 마치 지금의 내가 수습들을 보면 반짝반짝 빛이 난다고 느끼는 것처럼.

자기 확신은 사회생활을 시작하고도 내게 든든한 버팀목이 되어주었다. 취업 준비를 할 때도 면접장에서 마주하는 옆 사람이 그렇게 멋져 보이고 대단해 보이지만 회사에 들어오면 더하면 더했지, 덜하진 않는다. 모든 게 다 능숙해 보이는 선배들 틈에 있으면 스스로가 그렇게 어린애처럼 보인다. 선배들은 그냥 키보드 몇 번 두드리면 뚝딱 써내는 기사가 대체 나한테는 왜 그렇게 어려운 건지, 그동안 내가 해온 공부는 도대체 어디에 쓰는 건지, 필기시험과 면접 준비 과정이 실제로 일하는 데 도움이 되기는 하는 건지 의문투성이다.

막 입사했을 때의 내 모습도 어느 사회초년생과 다르지 않았다. 보통 처음에는 많은 일을 주지 않으니 괜히 손이 멋쩍게 노는 시간이 자주 찾아왔다. 그러다 겨우 어떤 업무가 주어져 열심히 한번 해보려 하면 분명 조금 전에 설명을 들었는데도 기억이 나지 않았다. 혼자 세상이 무너진 것처럼 우울해하고 머리를 쥐어뜯다 울 것 같은 얼굴로 선배를 찾아 "선배…, 한 번만…, 다시…." 하며 다 기어들어 가는 목소리로 말한 적이 몇 번이다. 그때마다 왜 시선은 자동으로 땅바닥을 향하는지.

스스로가 한없이 초라해 보이는 그 시절, 나는 내가 가장 잘하는 것에 집중했다. 바로 '꾸준하기'. 대학 시절 내내 해왔던 것처럼 아무리 이른 새벽 출근이라도 눈뜨자마자 뉴스를 들으면서 출근 준비를 했다(시사 라디오에서 뉴스로 아침 습관이 바뀐 이유는 슬프게도 시사 라디오가 시작하기도 훨씬 전 이른 새벽부터 나가야 하는 날이 많아졌기 때문이다). 시간이 남을 때면 습관처럼 신문을 뒤적였다. 연습 노트에 꾸준히 적어 내려갔던 피드백은 직장인의 상징과 같은 업무수첩으로 자리를 옮겼다.

대단한 전문직 자격증도, 엄청나게 잘 팔린 베스트셀러를 남긴 것도 아니지만 꾸준히 살아온 시간의 기록은 여전히 내 자부심이다. 지금 와서는 '더 많이 기록해둘걸' 하는 아쉬움이 남을 만큼. 그 순간에는 모르지만 모든 시간은 꾸준히 쌓아 올리는 것, 그 자체로 반짝이는 일이다. 그리고 그 시간이 만들어내는 자기 확신은 돈으로도 못 살 가장 큰 스펙이다.

구두에는 돈 아끼지 말 것

내 걸음엔 항상 여유가 없었다. 대학생 때도 직장인이 되어서도. 시간을 쪼개 사는 게 익숙했던지라 바쁘게 일정을 짜는 머리와 손을 따라가려면 발은 더 바쁘게 움직여야 했다. 그래서인지 내 특기는 '구두 신고 뛰기'가 되었고, 구두 굽이 나가는 일은 정말 흔했다. 어느 날에는 청량리역에서 촬영하다가 구두 굽이 나가 한참 떨어진 집까지 택시를 타고 와서 구두를 갈아신고 나가기도 했다. 하루를 마치고 엄마랑 전화하면서 인터넷에서 산 구두가 몇 번 신지도 않았는데 굽이 나가버렸다고 쫑알거리는데 이 얘기를 듣던 엄마가 말했다.

"구두에는 돈 아끼는 거 아니야. 엄마 아빠도 구두엔 돈을 안 아끼는데 왜 그런 신발을 샀어?"

20대 초반의 눈에는 예쁜 구두가 그렇게 많아 보인다. 색깔도 모양도 다양해서 그냥 옷 고르듯 '보기에' 예쁜 구두를 샀다. 사회초년생 때는 일에 적응하느라 바빠 쇼핑할 여유도 체력도 없었다. 그저 짬이 났을 때 핸드폰으로 골라 빨리 결제하고 잠들기 급급했다. 하지만 그렇게 산 구두는 빠르면 한 달도 버티지 못하고 내 곁을 떠났다. 싼값을 주고 샀지만 그만큼 빨리 버려졌으니 경제적이지도 않았다. 공주 같은 우아한 걸음으로 출퇴근만 했으면 조금 더 오래 신었을 수도 있지만 슬프게도 기자 생활은 우아함과는 거리가 멀었다.

구두를 대충 사지 말라고 해주고 싶은 또 하나의 이유는 흔들리는 구두가 불안을 만들기 때문이다. 집을 나서는 순간부터 우리의 발을 보호하는 구두는 생각해보면 온종일 내 온몸을 떠받드는 고마운 존재다. 사람의 체중에 중력까지 더해지니 어쩌면 굽이 견뎌내는 무게는 우리 어깨에 지워지는 묵직한 책임감보다도 더 무거울지도 모른다. 그런 굽이 흔들리는 걸 느끼면 우리는 본능적으로 신경 쓰기 시작한다. 집중해야 할 일이 아닌, 내 앞에 마주하는 사람이 아닌, 타인의 눈에는 보이지 않지만 나 혼자만 느끼는 그 불안한 징조에.

실제로 청량리역 앞 광장에서 스탠딩 촬영을 하던 날, 몇 발짝 걷던 나는 집에서 나올 때부터 느낌이 이상했던 구두 굽이 흔들리는 걸 느꼈다. 나만 느끼는 흔들림이었지만 혹시나 카메라에 잡힐까 신경 쓰이기 시작했다.
'걷다가 넘어지진 않겠지? 근데 지금 찍어야 하는 멘트가 뭐였더라?'

이런저런 생각이 뒤섞어 간단한 촬영인데도 정신이 없었다. 내내 자신 있게 걷지 못했던 촬영이 끝나자마자 결국 굽이 나갔고, 택시를 잡아 그대로 집에 와 신발을 바꿔 신고 나갔다. 예상에 없던 시간이 소모됐고, 이후 일정은 더 빠듯해졌다. 집으로 향하는 길과 다시 구두를 갈아신고 나가는 내내 조급해하며 에너지는 또 어찌나 많이 소모했던지. 다친 건 아니었지만, 흔들리는 구두는 많은 에너지를 앗아갔다.

그 이후로 구두를 살 때는 발품을 많이 팔기 시작했다. 시간을 넉넉히 두고 한 달 정도는 주말마다 여기저기 매장을 돌며 구두를 고른다. 물론 디자인이 마음에 드는 게 첫 번째지만, 눈에 들어오는 구두들을 직접 다 신어보고 내 발이 편한 구두를 찾는 데 심혈을 기울인다. 신었을 때 내 발이 편해야 신는 내내 마음이 편하고, 구두를 지탱해주는 굽이 흔들리지 않아야 온종일 수많은 파도를 직면해야 하는 나의 평온함도 쉽게 흔들리지 않을 테니 말이다. 그렇게 발에 꼭 맞아 돈 아끼지 않고 산 구두는 왠지 더 소중히 여기게 된다. 이만큼 나와 맞는 구두를 찾기 어렵다는 걸 알게 되니까.

나와 맞는 구두를 드디어 찾았다면? 애정을 가지고 저마다의 전쟁터로 같이 걸어 나가면 된다. 맞지 않는 구두에 억지로 발을 욱여넣을 필요 없이, 그저 가장 나다운 모습으로 하루를 맞이하면 된다. 혹시나 울퉁불퉁 포장되지 않은 길처럼 순탄치 않은 하루에도, 그저 꿋꿋하게 하루를 살면 된다. 가장 나다운 모습으로, 가장 나답게.

나다울 때 제일 예쁘다

화면 속 완벽해 보이는 어느 날의 내 모습을 모니터하다, 문득 이런 생각이 들었다. '입사 1년 차, 스물세 살의 나는 어떻게 생겼었더라?' 분명 매일같이 만드는 뉴스에 내 모습도 함께 담기고는 있었지만, 기자가 아닐 때의 내 모습은 갈수록 가물가물해졌다. 시간이 더 흐르기 전에 남겨야겠다는 생각이 들었다. 매년 내 돈을 들여 따로 사진을 찍어서라도.

카메라 앞에 서는 내내 내 머리카락 색은 항상 갈색이었다. 스물두 살쯤이었나, 검은 머리 색이 인상을 더 차갑게 보이게 한다는 피드백에 난생처음 갈색으로 염색한 이후로 쭉 그렇게 유지해왔다. 사실 난 자연모가 잘 어울리는 여름 쿨톤인데, 나를 어려워하는 시청자와 타인을 위한 나름의 배려였다. 스튜디오 촬영을 할 때는 안 어울리게 화장도 진했다. 짙은 화장이 안 어울린다는 걸 알면서도 조명이 웬만한 화장은 다 날려버리는 탓에 어쩔 수 없었다. 분장실에서 색조를 얹고 또 얹을 때면 괜히 우울해졌다. 무엇이든 어떤 게 잘 어울리는지보다는 어떻게 보이는지가 더 중요한 느낌이었달까. 보여지는 직업에 맞춘 일종의 예의와 자기관리 안에서 나다움은 꽤 오래 밀려나 있었다.

그래서인지 나다움에 대한 갈망은 직장 생활을 하며 점점 커졌다. 특히나 기자 생활을 하는 내내 나를 둘러싼 '묘한 소외감'을 느끼는 날에는 더더욱 크게 나를 찾아왔다.

한국 사회에서 명함 없이 사람을 마주하다 보면 받게 되는 몇 가지 흔한 질문들이 있다. "학생이에요?", "몇 살이에요?", "어디 살아요?" 그리고 "무슨 일해요?" 내 직업을 입 밖으로 꺼내면 다들 1~2초쯤 당황한 뒤에 말을 이어갔다. "기자같이 안 생겼는데…." 그런 말을 들을 때면 나역시 항상 어색하게 웃으며 속으로 생각했다.

'대체 기자같이 생긴 건 뭔데?'

사람들이 생각하는 기자는 단발에 검은색 옷만 입고, 가끔은 잠을 못 자서 부스스하기도 하고, 겉모습엔 냉기가 가득 흘러 말 걸기 어려운 그런 존재라고 한다. 아마도 드라마에서 그리는 기자의 모습이 그래서 그런가 보다. 반대로 웨이브 들어간 긴 머리에, 가끔은 치마도 입고, 타고나길 둥글고 부드러운 목소리로, 누군가를 처음 만나도 생글생글 재잘재잘 잘 떠드는 나는 기자처럼 보이지 않았나 보다.

기자처럼 안 보인다는 그다지 달갑지 않은 꼬리표는 일하는 내내 끊임없이 나를 지우기 바쁘게 만들었다. 진한 화장을 걷어내면 그저 아이 같아 보이는 진짜 내 얼굴이 들킬까 불안했다. 그냥 깨끗한 흰옷이 제일 잘 어울린다는 걸 알면서도 정장을 입지 않으면 어려 보일 거라는 강박에 갇혀 재킷 없이 카메라 앞에 서지 않았다. 그 결과, 화면 속에 똑 부러지고 완벽한 모습의 기자 서효선만 있을 뿐 진짜 내 모습은 없었다. 아니 정확히는 무엇이 정말 내 모습이었는지 조차 헷갈리기 시작했다.

1년에 한 번 프로필 사진 찍기는 이렇게 나를 지우기 바쁜 수많은 날에 대한 보상심리로 시작했다. 나다움을 가장 우선으로 생각해 'Simple is best'를 콘셉트로, 내 마음대로 상상의 나래를 펼쳤다. 쉬는 날이면 맨얼굴로 산책을 즐기는 있는 그대로의 나처럼, 샵에 들어가는 순간부터 '그냥 깨끗하게요'를 반복해서 외쳤다. 일할 때마다 화면에 잘 나오게 한껏 넣는 머리 볼륨도 다 덜어냈다. 의상은 정장 대신 내가 가장 좋아하는 흰색이나 베이지색 상의에 편한 청바지로 골랐다.

이 취미는 스물세 살 때부터 내 헤어와 메이크업을 맡아주고 계신 원장님한테도 소소한 재미로 자리 잡은 듯하다. 보통 사진을 찍는다고 메이크업 샵에 가면 여권용 사진인지, 이력서용 사진인지, 지원하는 직종은 어느 쪽인지 묻는다. 하지만 원장님과 나의 대화는 조금 다르다. 평소보다 가벼운 발걸음에 환하게 웃는 얼굴로 샵에 들어가 "오늘 사진 찍는 날이에요!"라고 말하면 원장님은 "오늘 그날이구나?" 하며 웃는다. 틀에 박힌 정형화된 스타일이 아닌, 가장 나의 모습을 잘 살릴 수 있는 헤어 메이크업을 원장님과 함께 고민하는 그 시간이 행복하다.

퇴사를 하며 인생에 나름의 큰 변화가 찾아왔던 스물여덟 살에는 정말 몇 년 만에 머리 색을 검은색으로 바꾸고 사진을 찍었다. 스튜디오 배경 색도 내가 가장 좋아하는 연한 하늘색으로 미리 찾아두었다. 스튜디오 콘셉트를 확인하고 늘 하던 것처럼 능숙하게 화장해주던 원장님이 말씀하셨다.

"효선 씨는 자기 인생을 진짜 아끼는 것 같아. 어떻게 살고 싶은지 열심히 고민하는 게 매년 보여."

생각해보니 1년에 단 하루, 내 마음대로 찍는 프로필 사진 촬영을 준비하면서 미세하지만 분명하게 나에 대해 알아가고 있었다. 어떤 해에는 20대 내내 가장 좋아했던 꽃, '리시안셔스'와 사진을 남기며, 어떤 해에는 편안한 니트 차림으로 햇살이 깃드는 창가 앞에서 좋아하는 햇살을 그대로 마주하며, 내가 무엇을 좋아하는지, 무엇을 할 때 행복한지 찾아 나갔다. 그렇게 온 정성을 쏟아 만들어낸 가장 나다운 하루는 촬영을 준비하면서도, 촬영하면서도, 촬영이 끝나고도 설레었다.

내년의 나는 또 어떤 모습으로 살고 있을까?

타고나길 예쁜 소리

녹음을 마치고 나오던 길, 마주친 선배가 냉랭한 목소리로 물었다.
"너 몇 년 차지?"

당황한 나는 "네?"라고 되물었고 선배는 말했다.
"입사한 지가 언제인데 아직도 아나운서티가 나?"

방금 한 녹음이 마음에 차지 않으셨나. 뒤돌아 다시 들어가 재녹음을 해야 하나 싶다가, 다시 해도 당장 큰 차이가 없다는 생각에 풀이 죽은 채 자리로 돌아갔다.

아나운서는 뉴스를 진행할 때 안정적인 진행을 위한 발성과 말의 리듬감을 위한 장단음, 정확한 발음에 집중한다. 화면에 비치는 이미지도 단정함과 균형을 중시한다. 하지만 기자는 조금 다르다. 전달력을 높이기 위해 전체적으로 말할 때 힘도 많이 들어가고, 단정함보다는 날 것 그대로의 생생함을 전하는 데 우선순위를 둔다. 언뜻 보기엔 비슷하지만 분명히 다른 두 스타일 사이에서 꽤 오래 방황했다. 타고나길 차분한 성격과 보기에 여린 이미지, 단정함을 좋아하는 성향은 분명 내가 지닌 장점이었지만 객관적으로 '기자답게' 느껴지진 않았다. 그러니 선배의 피드백은 틀린 말은 아니면서도, 동시에 하루아침에 고칠 수 없는 어려운 부분이기도 했다.

비슷한 고민을 하루 이틀 해왔던 건 아니었다. 시간을 거슬러 올라가 스무 살 때도 늘 내가 어디에도 꼭 맞는 사람은 아니라는 고민이 있었다. 20대 초반에 시작된 그 생각은 취업 준비를 하면서 더 커졌다. 대학생 때 학교 아나운서를 하면서 어떤 사람은 내 방송을 듣고 "와, 타고나길 미성(美聲)이다!" 하며 칭찬했지만, 어떤 선배는 "아성(兒聲)이 너무 강해!"라며 내 방송을 그다지 좋아하지 않았다. 4학년이 되고 본격적으로 면접 준비를 할 때는 '효선이는 아나운서를 하기엔 신념이 강한 편이야'와 '기자를 하기엔 너무 여려'라는 피드백이 엇갈렸다. 그 어디에도 꼭 맞지 않는 내가 괜히 부족한 것 같아서 스물셋 그때는 특히나 위축됐다.

입사한 뒤로도 마찬가지였다. 어느 날 방송 끝나고 모니터를 하는데 댓글 하나가 눈에 띄었다.

'어느 쪽이 아나운서인지 모르겠어요.'

앵커와 나의 투샷을 보고 남긴 댓글이 쉽게 넘어가지지 않았다. 아나운서 색이 강하다는 수도 없이 들어온 말을 그 댓글이 확인 사살하는 것 같아서였을까. 한참이나 멍한 시선이 머물렀다. 그 말이 꼭 '네가 잘못했어'라는 뜻은 아니었음에도 어떻게든 달라져야 할 것 같았다.

그때부터 한동안 더빙실에 혼자 들어가 같은 원고를 수십 번 녹음하고 듣고 반복하며 톤을 바꿨다. 끝나고 나올 땐 항상 목이 잔뜩 갈라져 있었다. 그 상황에서 '이렇게 하면 좀 기자 티가 나려나?' 하는 생각에 안도하는 나를 보며 뭔가 잘못되어 가고 있다고 생각하면서도 어쩔 수 없었다.

그러다 우연히 찾아온 아나운서 부장님의 교육자리. 일단 뉴스 좀 들어보자는 말씀에 원고를 집어 들며 잔뜩 긴장했다. 'ㄹ이랑 ㅅ 발음에서 영어식 발음이 느껴진다', '말할 때 자꾸 미간을 찌푸린다', 그리고 결정적으로 '목소리가 너무 여리다' 같은 그동안 들어온 수많은 피드백이 머릿속을 채웠다. 어깨가 잔뜩 굳은 채로 리딩이 끝나고 고개를 들어 부장님 얼굴을 보는데 미소를 띤 얼굴로 말씀하셨다.

"효선아, 사람들이 많이 뭐라고 하니?"

무뎌질 대로 무뎌졌다고 생각했는데 혼자서 참으며 제법 아팠는지 시선을 떨궜다. 말을 잇지 못하는 내게 부장님은 말했다.

"너답게 해. 타고나길 예쁜 소리야."

한평생 뉴스 하며 살아온 이가 해주는 위로는 잔뜩 주눅 든 1년 차의 마음에 발라주는 연고였다. 한 번 한 번의 방송을 평가받으며 살아온 선배가 앞으로 평가받으며 살 수밖에 없는 어린 후배에게 해주는 조언이었으니 더 믿고 싶었다.

모두에게 인정받으려 하지 않아도 된다고, 나다워도 된다는 그 말을.

저도 기자 할 수 있을까요

"저 같은 사람도 기자를 할 수 있을까요?"

자신 없는 눈빛으로 마주한 후배가 물었다. '응, 그럼'이라는 답을 듣고 싶어 하는 간절함이 느껴졌지만, 너무 가볍게 답하면 그의 깊은 고민이 충분히 해결되지 않을 것 같았다. 어떻게 말을 해줘야 하나 생각하다 대학생 때 비슷한 고민을 했던 시절이 떠올랐다.

학부 때 교수님은 '어떤 사람이 기자를 해야 좋냐?'라고 묻는다면 '내 제자들이 딱이다!'라고 답하기엔 생각이 많아진다고 하셨었다. 일반화할 수는 없겠지만 학교 다닐 때 공부 잘한다고 칭찬받아가며 자라다가 이렇게 한국에서 알아주는 좋은 대학에 모여 공부하는 아이들이 기자를 하는 게 맞을까 싶다고. 너희가 정말 세상의 다양한 계층, 수많은 삶을 다 이해할 수 있을까 잘 모르겠다고 하셨다.

대학생 때 특강에서 만난 어떤 원로 기자는 지원자 중에 가장 바닥부터 올라온 사람을 뽑으면 힘든 기자 생활을 쉽게 그만두지 않을 것이라는 생각에 어려운 가정환경에서 자란 지원자를 뽑았더니 제일 빨리 그만뒀다고 했다. 그는 그만둘 때 말했다고 한다.

"너무 힘들게 살아서, 이제 더는 힘들게 살고 싶지 않아요. 직업까지 힘든 직업을 하는 건 아닌 것 같아요."

수십 년 제자를 가르친 교수님도, 현장에서 그렇게 오래 일한 원로 기자도 뚜렷한 답을 내놓지 못하는데 과연 누가 '이런 사람이 기자를 해야 해!'라고 자신 있게 답할 수 있을까.

그날 고민을 털어놓은 후배는 '존재 자체로 반짝이는 친구'라는 말이 아깝지 않은 아이였다. 새로운 환경을 마주하는데 겁이 없었다. 어떤 취재를 하든 머뭇거리지 않았고, 서툴러도 어떻게든 자기가 맡은 취재를 해내려는 게 보였다. 제일 눈길이 갔던 건 사람을 만날 때 반짝이는 눈으로 상대에 대해 궁금해하는 모습이었다. 보고 있으면 1년 차의 나도 저렇게 사람을 좋아했나 싶어 절로 미소가 지어졌다.

그런 아이가 잔뜩 풀이 죽은 얼굴로 물었다. '나 같은' 사람도 기자를 할 수 있겠냐고. 위로의 말을 고민하며 마음이 아렸다. 과연 무엇이 너를 '나 같은'이라고 생각하게 했을까. 대략 짐작은 갔다. 콕 집어 좋은 대학교를 나와야만 기자를 할 수 있는 건 아니지만, 일하면서 사람들을 만

나다 보면 누구 하나 빠지지 않는 학벌이 그렇게 느끼게 했을까. 술을 잘 마셔야만 기자가 될 수 있다고 지원 자격에 쓰여있는 건 아니지만, 막상 일하다 보면 마주하는 수많은 술자리가 술을 못 하는 너를 힘들게 했을까. 미처 알아주지 못한 순간순간에 조금씩 기가 죽었나 보다. 그래도 내가 보기엔 너는 나름대로 충분한 재능을 가지고 있는데 이걸 어떻게 말해주면 좋으려나. 고민 끝에 어렵사리 입을 열어 말했다.

"있잖아, 밥을 잘 먹는 것도 능력이야. 우리는 밥 먹는 게 일이잖아. 특히나 기자는 다양한 재능을 가진 사람들이 많더라고. 어떤 기자는 타고나길 집요해서 단독 기사를 정말 잘 쓰고, 어떤 기자는 술을 정말 잘 마셔서 취중 진담을 잘 끌어내지. 어떤 기자는 통찰력이 깊어서 브리핑 때 남들이 생각하지 못한 예리한 질문을 잘하고, 어떤 기자는 방송을 정말 잘해서 속보가 쏟아질 때도 흔들림 없이 생방송을 잘해. 그리고 너는 사람을 만날 때 늘 열린 마음으로 상대의 눈을 마주하는 재능을 가졌어."

몇 년 전 이런 고민을 했던 후배는 아직도 기자를 하고 있다. 그날의 대화가 조금이나마 위로가 되었을까, 아픈 고민에 자신만의 답을 찾았을까 후배의 기사를 볼 때마다 궁금했다. 그러던 어느 날 오랜만에 만나 산책을 하는데 후배가 말했다.

"예전에 선배가 밥을 잘 먹는 것도 능력이라고 말할 때는 웃겼는데 생각할수록 큰 위로가 됐어요. 선배 말대로 사람은 누구나 다 잘하는 게 있더라고요."

전보다 한결 가볍게 웃는 얼굴을 보며 내 마음도 한결 가벼워졌다. 그리고 모처럼 지난날의 내 모습이 떠올랐다. 누구 하나 빠지는 사람 없이 대단한 사람들만 모아놓은 것 같던 기자실에서 나는 무슨 자신감으로 버텼나. 그때 내가 믿었던 것도 대단한 건 아니었다. 그저 한 번 손대면 끝을 보는 특유의 완벽주의와 성실함이 있으니 뉴스 펑크는 안 낼 거라 믿었다. 사람을 좋아하는 해맑음을 지녔으니, 인터뷰할 때 누구와도 기분 좋게 대화를 이어 나갈 힘이 되어줄 것이라 믿었다. 감정의 흔들림이 크지 않고 호수처럼 잔잔한 사람이니, 혹여나 협업하다 힘든 순간이 찾아와도 갈등을 풀어갈 실마리를 찾아낼 현명함이 있다고 믿었다.

그래, 우리는 다 하나쯤 잘하는 걸 가졌어. 나는 이걸 잘한다고, 스스로 더 많이 알아주고 그 믿음으로 버텨나가면 된다.

그건 내가 아니었다

정신없는 시공간을 딱히 좋아하지 않는 내게 주말의 강남은 달가운 약속 장소가 아니다. 그래도 소개팅엔 이만큼 적당한 곳이 없으니 언제였는지 기억도 잘 나지 않는 어느 날에도 나는 소개팅 장소로 강남을 내줬다. 혹여나 잘되지 않아 그 카페에 다시 오고 싶지 않아져도 내게 특별히 귀한 공간은 아니니까.

귀를 때리는 자동차 경적을 피해 서둘러 발걸음을 옮겨 찾아간 카페, 마주한 상대는 나를 보자마자 말했다.

"실물이 더 예쁘네요."

분명 칭찬이었을 텐데 누군가 내게 이렇게 말할 때마다 숨이 턱 막혔다. 갑자기 카메라에 녹화 버튼이 눌러지는 느낌이었달까. 그는 이미 나를 만난 적이 있었다. 스마트폰 화면 속에서.

내가 방송기자라는 걸 미리 알고 나온 사람들은 먼저 나를 검색해보고 현실의 나와 마주하는 경우가 많았다. 그 역시 궁금해서 내 기사를 다 찾아봤다고 인사를 건넸으니 검색창에 뜨는 나를 먼저 만나고 온 것 같았다. 분명 바쁜 와중에 시간 내 나에 대해 알아보고 온 그에게 고마워야 하는데, 이상하게도 마음 대신 머리가 바쁘게 움직였다.

'최근에 나간 기사가 뭐였더라', '그제 마감한 기사 출고가 오늘이었을 텐데 이걸 말하는 건가?', '아니다, 그건 영상이 없었을 테니까 지난주 생방송을 보고 말하는 걸까?' 이런 잡생각들이 머리를 가득 채웠다. 그와 대화하기 위해 다시 노트북을 켜야 할 것만 같았다.

이렇게 시작한 소개팅은 하나의 인터뷰 자리처럼 변하곤 했다. 한쪽은 질문하기 바쁘고, 한쪽은 답하기 바빴으니 대화라기보단 질의응답이 이어졌다. 때론 질문의 난이도도 매우 높았다. 돈도 많이 못 버는데 왜 기자 했어요?'와 같은 듣기만 해도 순식간에 기분 나빠지는 질문이 필터링 없이 던져졌다. '어떤 취재를 할 때 제일 재밌어요?'와 같은 아주 두루뭉술해서 순식간에 지난 몇 년을 타임머신 타게 하는 고난이도 질문이 날아오기도 했다. 답하기에 매우 어려운 질문을 던진 상대들은 마치 내 즉석 스피치 실력을 평가하는 면접관처럼 기대가 가득한 시선으로 나를 바라봤다. 그때마다 지금이 면접 자리인지 생방송 스튜디오인지 잘 모르겠지만 일단 그럴듯한 답변을 내놓을 것이라는 상대의 기대를 실망시키지 않기 위해 최선을 다했다. 대답하면서도 동시에 내가 신경 쓴 건 나도 모르게 비표준어를 구사하지는 않았는지, 억양은 평조를 지켰는지 같은 소개팅에 전혀 의미 없는 것들이었다.

그렇게 부질없는 것들까지 신경 쓰며 최선을 다하면서도 마주한 상대에게 큰 신뢰는 없었다. 아무 기대 없이 나왔다가 '생각보다 괜찮네?' 하긴 쉬워도, 대단한 기대를 하고 나왔다가 '기대했던 것보다 더 괜찮은데?' 하기는 어려우니까. 기대에 가득 찬 눈빛으로 나를 보기 시작한 상대에게 만족감을 안겨줄 자신은 애초부터 없었다. 그냥 할 수 있는 최선을 다해 친절하게 웃고, 질문엔 성실하게 답했다. '실제로 저 기자 만나봤더니 도도하고 별로였어'라는 후기가 세상 사람 다 보는 댓글 창에 올라오는 최악의 사태를 막기 위해.

보이기에 흠 없이 완벽해야 한다는 부담이 가득했던 자리, 일어서는 내 앞의 머그잔에는 커피가 반 이상 남아있었다. 남긴 커피처럼 마음도 찝찝했다. 바래다주겠다던 그와 함께 지하철역으로 걸어가며 그때라도 말하고 싶었다. '사실 아까 물어본 경제 기사 있잖아요, 그거 저도 잘 몰라요. 그냥 일이라서 하다 보니까 그렇게 기사가 나간 거거든요.' 하지만 말할 수 없었다. 당장 몇 시간 뒤에 나는 또다시 내 이름과 얼굴을 걸고 세상에 기사를 내보여야 했다. 그것도 마치 내가 아는 것은 한 치의 오차도 없이 완벽할 것 같은 연기와 함께.

면접이 끝난 뒤 '준비한 질문이 나왔으면 더 잘 대답할 수 있었을 텐데' 하는 아쉬움이 남는 것처럼 집에 오는 길에는 늘 아쉬움이 남았다. '화면 속의 나보다 진짜 나를 봐줬으면 했는데', '그냥 있는 그대로의 일상을 말해주고 싶었는데'. 나는 그렇게 완벽한 사람이 아니라는 못다 한 말이 입안을 맴돌았다. 그리고 뒤늦게야 인정했다. 그를 그저 한 사람이 아닌 '면접관'으로 바라보고 있었다는 걸. 어느 순간부터 나는 사회생활을 하면서 만나는 모든 이들을 면접관처럼 바라보고 있었고, 그들을 만족시켜야 한다는 부담에 설렘은 자꾸만 밀려났다.

나는 머릿속 필름을 되돌려 소개팅한 그 날로 되돌아갔다. 사실 그는 완벽한 나보다 그냥 '나'를 만나고 싶어 하지 않았을까?

있는 힘껏 사랑할 수밖에

아무리 뉴스를 보지 않는 사람도 한 번쯤은 뉴스를 틀 법한 날이 있다. 제야의 종을 치는 12월 31일, 거리를 들썩이게 하는 응원전이 펼쳐지는 월드컵 경기일 같은 국가적인 행사들. 그 특별한 날들 중에 방송사가 유난히도 공을 가장 많이 들이는 날을 꼽자면 바로 선거 날이다.

사람들의 관심이 점점 커지는 만큼 선거 기간 일은 많아졌고, 그 시기 내 컨디션은 점점 안 좋아졌다. 가만히 있어도 쉽게 숨이 찼고 어지러웠다. 그리고 투표 당일, 해가 지는 서울광장에서 밤늦게까지 스탠바이 하면서 상태는 최악을 향해갔다. 겨울은 끝났지만 텅 빈 광장을 휘젓는 찬바람에 내 손발 끝은 얼어붙기 시작했다. 본격적으로 중계에 들어가기 전인데 이미 숨은 잘 쉬어지지 않았다. 해보지 않아도 알았다. '이대로라면 사고다.' 하지만 인이어로 내 이름을 부르는 앵커의 목소리는 어김없이 들려왔다.

"이 시각, 서울광장에 나가 있는 서효선 기자 연결합니다. 서효선 기자!"

사고가 날 걸 알면서도 멘트를 시작할 수밖에 없었다. 언제나 그랬듯 시간은 나를 기다려주지 않았으니까.

중계 시간은 2분 남짓. 사람들은 그 시간이 별거 아니라고 생각하지만, 아무리 2분이라도 혼자서 쉴 새 없이 말을 이어간다는 건 상당한 압박을 견뎌내야 하는 일이다. 아슬아슬한 호흡으로 시작한 것 치고, 나는 그동안 쌓아온 끈기와 깡으로 그래도 꽤 버텨냈다. 부족한 호흡 탓에 목소리가 떨린 건 끝 멘트 두 줄쯤 됐던 걸로 기억한다.

겨우 두 문장의 떨림을 세상이 알아채지 못했길 간절히 빌었다. 하지만 세상은 카메라 앞에 서는 이들은 완벽하고 아무 결점도 없어야 한다고 믿는 건지 그 실수를 그냥 넘어가지 않았다. '균형'이 가장 중요한 선거 방송에서 어느 후보의 당선 윤곽이 드러나던 시점에 말을 잇지 못했으니 누군가는 내가 운다고 오해했다. 그 오해는 누군가에게는 분노로 이어졌고, 결국 방송이 끝난 지 얼마 지나지 않아 중계 창은 물론 내 SNS까지 악플이 달리기 시작했다. 사람들은 각자의 시선에서 보고 느낀 그대로, 방송 도중 형평성을 지키지 못한 나를 비난했다.

'사실은, 숨이 쉬어지지 않았던 것뿐이에요.'

이 한마디를 하지 못했다. 이미 벌어진 상황에 어차피 이유는 중요하지 않았으니까. 할 수 있는 건 그냥 핸드폰을 보지 않고 세상의 이야기에 귀를 닫는 것뿐이었다.

악플은 항상 예고치 않은 날에, 짐작하지 못한 이유로 나를 찔렀다. 어떤 날에는 스튜디오 출연 의상이 너무 반짝인다는 이유로, 어떤 날에는 목소리가 너무 여리다는 이유로, 어떤 날에는 방송에서 말하는 도중 한번 웃었다는 이유로 나를 몰아세웠다. 변명은 중요하지 않았다. 사람들은 그저 다 내 잘못이라고 했고, 나도 그냥 다 내 탓이라고 생각했다. 이름도 얼굴도 모를 누구에게, 대체 어디서부터 어디까지 해명을 해야 하는지 몰랐으니 차라리 그렇게 생각하는 쪽이 편했다. 그렇게 인정해버리면 반나절쯤 지나 마음은 편해졌지만, 내 고개는 자꾸 땅바닥을 향했다. 고개를 들면 세상이 나를 어떤 눈으로 보고 있을까 무서웠다. 무엇을 더 잘해야 하는지도 모른 채 반성문을 써야 하는 기분이었다.

차라리 그 반성문을 세상에 내보일 기회라도 있었으면 나았을까. 세상은 내게 완벽하지 못한 이유조차 묻지 않았다. 숨이 쉬어지지 않아 떨리는 목소리가 그대로 나간 날에도, 분명 대기실에서까진 아무 문제 없던 블라우스가 스튜디오 조명을 받자 유난히 반짝였던 날에도 왜 그랬는지 설명할 기회는 없었다. 사람들은 그저 카메라에 비치는 이는 무엇 하나 흠잡을 데 없이 완벽해야 한다는 전제를 가지고 나를 평가했다.

변명할 기회가 없다 보니 점점 변명하지 않는 것에 익숙해졌다. 세상의 기대치에 눌려 내 입은 굳게 닫혔다. 회사에서도 크게 뭐라고 하지 않았다. '그 연차쯤 되면 네가 제일 잘 알겠지'하는 믿음이 버거웠다. 눈에 띄는 실수에 유난히도 비판을 많이 받은 날이면 그냥 집에 빨리 가고 싶다는 생각이 간절했다. 냉정한 평가를 마주할 자신이 없을 땐 방송 모니터도 하지 않았다. 그저 SNS를 비공개로 돌리고, 댓글 창을 막았다. 사람이 무서웠다.

혹시 누가 알아볼까. 마스크로 얼굴을 가리고 터덜터덜 집에 온 나는 오롯이 혼자가 된 집에서야 마스크를 벗고 한숨을 깊이 내쉬었다. 화장을 지우려고 앉아 거울에 비친 얼굴을 보며 생각했다. 살기 위해선 있는 힘껏 나를 사랑하는 수밖에 없다고. 나라도 있는 그대로의 나를 사랑해주지 않으면, 세상에 완벽하지 않은 나를 사랑하는 존재는 아무도 없을 것 같았다. 그리고 이불 속에서 잔뜩 웅크린 채로 나를 다독였다.

'너무 다 끌어안고 살려고 하지 말자. 누가 뭐래도 매 순간 최선이었어.'

이유조차 묻지 않는 세상에서 내일도 살아남으려면 가끔은 그렇게 두 눈과 두 귀를 닫고, 나를 아프게 하는 것들을 잊기 위한 시간도 필요했다. 눈감은 내 얼굴을 타고 흐르는 눈물 한 방울에 나를 아프게 하는 수많은 말들을 담아 흘려보냈다.

족집게 강의는 없지만

"자, 이제 시험을 시작합니다. 질문을 잘 듣고 제한 시간 안에 대답해 주세요. 답변 기회는 한 번입니다."

화면 속 반가운 얼굴로 손을 흔드는 AI 면접관이 웃으며 말했다. 하지만 친절한 목소리와 달리 그의 시간 감각은 칼같았다.

"삐-. 답변 시간이 초과되었습니다. 다음 문제로 넘어갑니다."

한 시간 동안 AI 면접관과 화면 속에서 치열한 둘만의 시간을 끝낸 나는 헤드셋을 벗자마자 외쳤다.

"와, 이거 너무 힘들어서 못 하겠어요."

촬영을 위한 체험 중인 것도 잊을 만큼 정말 진땀 나는 면접이었다.

코로나19가 대유행하면서 AI 면접이 등장한 초창기, 교육열이 뜨거운 우리나라답게 취업 시장엔 'AI 면접'이 한창 화두로 떠올랐다. 멈췄던 채용시장에 그나마 숨통이 트이는 건 반가운 소식이었지만, 씁쓸함도 분명히 있었다. '이제 하다 하다 로봇에게 나를 평가받는 시대가 오다니'하는 푸념이랄까. 그 씁쓸함은 멀리 갈 것도 없이 당시 취업의 최전선에 있던 나의 친구들이 겪는 우울이었다.

수많은 정치인이 '청년'에 대해 말하던 시기였다. 매일 아침 신문을 도배하는 기사들이 청년의 '암울한 미래'를 논했다. 코로나19 대유행이 언제 끝날지 몰랐으니, 경기가 언제 좋아질지 아무도 알 수 없었다. 어쩌면 경기가 좋아지는 건 아무리 기다려도 오지 않을 꿈일지도 몰랐다. 모두가 우울한 시기에 그나마 정부와 지방자치단체가 앞다투어 온갖 지원책을 쏟아 냈지만 과연 수혜당사자인 청년들에게 제대로 향하고 있는지는 알 수 없었다. '경제 위기'라는 거대한 담론 앞에 진짜 20대의 목소리를 담은 기사는 찾기 힘들었기 때문이다. 정책을 취재하는 나도 내가 무슨 혜택을 받을 수 있는지 몰랐으니, 길에서 어떤 청년을 붙잡고 물은들 '잘 모르겠는데요?'라고 시니컬하게 답하는 건 당연했다.

'매일같이 정책브리핑과 보도자료를 통해 접하는 정책들이 과연 청년들에게 정말로 도움이 되고 있을까? 아니라면 지금의 취업준비생들은, 나의 친구들은 어떤 도움이 가장 절실할까?'

가장 솔직한 청년의 이야기를 또래의 눈으로 전하기 위해 시작한 AI

면접 체험기 기사였다. 지자체에서 제공하는 AI 면접 무료 체험을 직접 해보고, 어떻게 하면 면접을 더 잘 볼 수 있는지 고민했다. 그렇게 발품을 팔다 찾아간 AI 면접 개발 업체. 판교에 있는 한 회사의 대표는 '어떻게 하면 AI 면접을 잘 볼 수 있나요?'라고 기대에 찬 눈으로 묻는 내게 이렇게 답했다.

"AI 면접은 공부한다고 잘 볼 수 있는 시험이 아니에요."
"네? 그렇지만 이미 사교육 업체들은 수능처럼 AI 면접 족집게 강의도 출시하고 있는데요?"
"면접 프로그램을 개발한 저희 입장에서는 그런 사교육을 권하고 싶지 않죠. 취업준비생들이 사교육에 추가로 비용을 들인다 해도 눈에 띄는 효과가 나는 시험은 아니니까요."

조금이나마 취업준비생들에게 도움이 되는 기사를 쓰고 싶었는데 결과를 바꿀 방법조차 없다니. 할 말이 없었다. 인터뷰의 방향을 잃고 질문을 멈춘 내게 대표는 덧붙여 말했다.

"어떤 사람이 어떤 재능을 가지고 있는지, 무엇에 소질이 있는지 보여주는 것, 그게 AI 면접의 목표에요. 그 데이터를 가지고 기업이 자신들과 맞는 인재를 찾도록 하는 거죠. 저희는 궁극적으로 취업 시장 자체의 변화를 추구합니다. 청년들이 취업을 위해 많은 돈을 들여서 스펙을 쌓고 안 맞는 부분을 끼워 맞추고 하는 게 아니라 자신과 맞는 일자리를 찾을 수 있도록 하는 거죠."

과연 이 비전이 현실이 되는 날이 올까. 인터뷰를 마치고 서울로 돌아오며 잊고 있던 취업준비생 시절이 떠올랐다. 이력서를 쓸 때면 취미를 쓰는 빈칸 앞에서 수없이 망설이고, 장점을 묻는 질문도 유난히 어려웠다. 솔직하게 말했다간 너무 시시해 보일까 싶어 그럴듯한 취미와 장점들을 걸어다니면서도 고민했다. 수 천번 연습한 1분 자기소개는 자다가 일어나도 툭 치면 읊을 만큼 완벽하게 외웠지만, 보이기에 그럴듯한 나를 만들어내느라 진짜 나에 대해 생각할 시간은 늘 부족했다.

지금 와서 돌이켜보면 안쓰럽기만 한 20대 초중반의 내 모습이 떠올라서 대표님의 목표를 더욱더 응원하고 싶어졌다. 비록 그의 말이 카메라 앞에서 그럴듯하게 포장하는 말에 불과할지라도 그 비전이 현실이 되길 기도했다. 청년들이 가장 나다운 모습으로, 나와 잘 맞는 회사를 찾아 취업하는 세상이 오기를. 5년 전의 내가 경험하지 못한 취업 시장이 지금의 취업준비생들에게는 허락되기를. 그때의 나는 갖지 못했던 용기가 지금의 취업준비생들에게는 함께하길 빌었다. 그리고 취재한 그대로 기사를 썼다. AI 면접을 잘 볼 수 있는 방법 같은 건 없다고. 대신 어느 학원의 족집게 강의가 유용한지 찾아다니는 데 시간을 쓰기보단, 자신에 대해 고민할 시간을 많이 가져보라고. 그렇게 조금 더 단단해진 마음, 조금 더 자신 있는 눈빛으로 시험에 임하길 진심을 담아 응원했다.

메리골드가 싫어요

웬만한 식물은 다 좋아하는 나는 이상하게도 메리골드가 진작부터 싫었다. 일단 그 강렬한 주황빛이 싫다. 메리골드는 꽃을 말려 차로 우리면 순식간에 주황빛으로 잔을 물들일 만큼 꽃잎이 다 진한 주황색이다. 색 심리에선 주황색이 싫은 사람을 '유난 떠는 상황에 거부감을 가진 사람'이라고 해석하는데 실제로도 정신이 없는 걸 싫어해서 그런지 주황색이 별로 내키지 않는다.

두 번째 이유는 꽃말이 싫다. 메리골드의 꽃말은 '반드시 오고야 말 행복'이다. 이 꽃말을 처음 알게 된 건 스물두 살 때 대학로에서 메리골드 뮤지컬을 보면서였는데 뮤지컬을 보고 나오면서 생각했다. '그런 게 어딨어?' 꽃말에 담겨있는 기약 없는 기다림이 괜히 싫었다. 기대하면 실망하게 되고, 실망이 반복되면 지치니까. 차라리 행운보단 노력의 힘을 믿고 싶었다. 뭐든 가만히 앉아 기다리는 것보단 내 힘으로 만들어내는 게 좋았다.

내 의지로는 아무것도 할 수 없고, 할 수 있는 건 기다리는 것밖에 없는 순간이 오면 그때는 너무 슬플 것 같았다. 그리고 그때는 몰랐다. 살다 보면 기다리는 것밖에 할 수 없는 순간도 온다는 걸.

어른들은 스물셋에 입사할 때 나를 보며 다들 "이 나이에 회사를 들어오다니, 나중에 분명 후회할 거야"라고 말했다. 그들이 말하는 후회가 정확히 무엇에 대한 것인지는 알 수 없었다. 회사에 발 들인 순간부터 학생 때와는 완전히 달라져 버린 일상에 휩쓸려가느라 깊게 고민할 시간도 없었다. 학교 다닐 때까지 내 일상을 가장 크게 컨트롤 했던 다이어리는 점점 힘을 잃어갔다. 아무것도 계획할 수 없이, 그냥 세상의 흔들림에 같이 흔들리기 바빴다. 그렇게 다이어리엔 텅 빈 페이지가 늘어갔다.

다이어리가 가지고 있던 힘은 핸드폰이 가져갔다. 신입 때 나의 가장 중요한 임무는 '핸드폰을 잘 보고 있는 것'이었다. 이렇게 말하면 '그게 뭐 어려워?' 생각할 수도 있겠지만 그건 꽤나 어려운 일이었다. 핸드폰은 생각보다 많은 것들을 앗아갔으니까.

낑낑대며 써지지 않는 원고에 빠져있느라 선배 전화를 깜빡하고 놓친 날이면 귀가 아플 정도의 꾸지람이 날아왔다. "무슨 기자가 전화를 이렇게 안 받아!" 가끔 영화를 보러 영화관에 가면 앉아있는 내내 불안했다. 핸드폰에서 '지잉'하고 진동이 느껴진 순간부터는 눈앞의 영화는 제대로 보이지 않았다. '또 무슨 일일까?' 하는 불안이 온몸을 감쌌다. 새벽에 울리는 전화는 늘 사고였으니 통화의 내용은 별로 놀랍지도 않으면서도, 베개 밑 휴대폰에서 어떤 진동이 조금이라도 느껴지면 화들짝 놀라 잠에서 깨곤 했다. 퇴근해서 집에 와 씻고 나오자마자 울리는 전화에 그대로 옷만 갈아입고 다시 나가는 날엔 저항할 힘도 없었다. "네, 지금 출발하겠습니다." 한마디만 남기고 순응했다. 껍데기만 남은 인형처럼, 그 순간의 내겐 아무 감정도, 생기도 없었다.

뜻대로 되는 것 하나 없는 일상엔 점점 익숙해져 갔지만, 꿈꾸는 법은 점점 잊어갔다. 내 의지로는 아무것도 할 수 없고 할 수 있는 건 기다리는 것밖에 없는, 내가 가장 슬프리라 생각했던 순간이 찾아오고야 말았다. 방황은 그때 시작됐다. 원래도 계획이 없으면 방황하는 나였으니 통제되지 않는 상황에 지쳐가는 건 당연했다. '20대 초반의 내 선택이 틀렸던 건가?' 하는 생각이 잠깐의 여유가 찾아올 때마다 머릿속을 가득 채웠다. '나중에 분명 후회할 거야'라는 어른들의 말이 무슨 뜻인지 그제야 알 것 같았다. 4학년이 되고 '취업'이라는 정체 모를 유령에 쫓겨 달리느라 '내가 어떤 사람인지' 충분히 생각해보지 않았다. 자기소개서를 쓰면서 그나마 생각했던 건 '내가 무엇을 하고 싶은지, 잘하는지, 좋아하는지'까지였다. 물론 이 정도의 고민도 대단하지만 좀 더 나에 대해 고민했어야 했다. '서효선' 그 자체에 대해.

'나중에 분명 후회할 거야'라고 말하던 이들은 그때쯤 나를 보며 또

다시 하나 같이 말했다.

"넌 뭘 해도 잘할 거야."

분명 처음에는 외롭고 힘든 나를 감싸는 이불 같았던 그 위로는 이상하게도 점점 듣기 싫어졌다. 마치 '반드시 오고야 말 행복' 같은 기약 없는 기다림의 주문처럼. "(나는 잘 모르겠고 네 인생 내가 알 바도 아니지만) 넌 뭘 해도 잘할 거야" 같은 느낌으로 읽혔달까. 때로는 "(겁도 없이 기자를 하겠다고 이 바닥에 발을 들인 네 첫 번째 선택은 틀렸지만) 넌 뭘 해도 잘할 거야'라고 읽히기도 했다. 그래서인지 그 말을 들은 날이면 '그래서 뭐! 대체 나 뭐 해야 하는데! 누가 좀 알려줘!' 하는 투정이 마음 어딘가에서 치고 올라왔다. 돌아보니 그건 '뭘 해도 잘할 거야' 이 한마디가 쏘아 올린 나의 늦은 사춘기였다.

뒤늦은 사춘기의 나는, 매일같이 울어대는 탓에 눈가의 살이 빨갛게 부어올라 있었다. 무엇이든 '모르겠다'라고 답하지 않으려고 엄청 애를 쓰는 성격에 '나는 뭘 해야 행복하지?'라는 질문은 유난히도 어려웠다. 아무리 생각해도 계속 '모르겠다'라는 답밖에 생각나지 않았다. 가장 중요한 게 텅 비어있는 느낌이었다.

그때 엄마가 말했다.
"우리 딸, 계획은 내일 입을 옷을 골라놓는 것만으로도 충분해. 그것조차 하지 않아도 아무 문제 없단다."

자기 전에 엄마랑 통화하면서 그런 생각이 들었다. 오늘은 그냥 '모
르겠다'라고 답안지를 써서 내도 될 것 같다고.

구구단 몰라도 돼

우리 엄마는 불만이 없는 사람이다. 가끔은 뭐랄까. 세상만사에 통달한 스님 같다. 엄마는 어릴 적부터 내게 남들과 비교할 것 없이, 경쟁에서 이겨야 한다는 욕심 없이 그냥 차근차근하면 된다고 가르쳤다. 초등학교 1학년 때였다. 친구들이 칠판에 구구단을 쓰고 노는 게 재밌어 보여 집에 가자마자 엄마를 붙잡고 졸랐다.

"엄마 나도 구구단 가르쳐줘."
"갑자기 왜? 구구단 몰라도 시험지 푸는 데 아무 문제 없을걸? 때 되면 선생님이 알아서 가르쳐줄 거야."

그래도 배우고 싶다고 몇 번을 졸랐는데 엄마는 얼마 안 하는 그 흔한 구구단 표 하나를 안 사줬다.

지금도 뜨거운 사교육은 내가 어릴 적엔 '영재 교육'이라는 이름으로 열풍이었는데, 엄마는 여기에도 큰 욕심이 없었다. 학교 끝나고 친구들이 영재 학원 차를 타고 공부하러 가는 걸 보면서 '저기 가면 뭐 배우지?' 하는 호기심이 생겼다. "엄마 나도 갈까?" 떠봤지만, 그때도 엄마는 꿋꿋했다. 그거 안 해도 된다고. 엄마의 단호함에 '그러다 나 시험 못 보면 어떡하지?' 하며 오히려 내가 더 걱정이었다. 하지만 예나 지금이나 엄마는 딸에 대한 신뢰가 대단히 큰지라 불안함이라고는 없었다. 그리고 정말 신기하게도 그렇게 학원에 다니고 선행학습을 하지 않았어도 공부를 제법 잘했다. 대신 엄마는 '우리 딸이 나중에 책을 썼으면 좋겠다' 하는 막연한 바람을 일찍부터 얘기했다. 20대 후반인 지금도 다른 잔소리 대신 '우리 딸이 너의 세상을 살길 바란다'는 뜬구름 같은 얘기를 한다.

돌이켜보면 내 주변에는 엄마와 비슷한 응원을 보내주는 이들이 꾸준히 있었다. 얼떨결에 회사에 합격해 감사 인사를 전할 때 나의 마지막 레슨을 맡았던 선생님은 좋은 기자가 되라는 덕담은 하지 않으셨다. 대신 무엇이든 잘할 테니 그저 너 하고 싶은 것 하면서 살라고 하셨다. 아마도 갑자기 학교를 떠나 회사에 가게 돼 잔뜩 겁먹은 나를 다독이려는 마음이셨겠지.

한 치 앞도 보이지 않는 20대 후반에 이직을 고민할 때는 "진짜로 하고 싶은 걸 잊으면 안 돼"라고 말씀해주시는 과장님이 계셨다. 오래도록 간직해온 내 소중한 꿈은 단순한 승진이 아닌 '내 이름 세글자가 브랜드가 되는 것'이었다. 조직의 인정은 잠깐은 달콤할지라도, 나를 행복하게 만들어줄 힘은 약했다. 내 꿈을 향해 가려면 나를 들여다보기에도 하루가 짧았다. 현실에 얽매이지 않고, 타인의 칭찬에 목매지 않고, 오롯이 내게만 집중해야 나를 겨우 알 수 있었다.

매일 아침, 하루를 시작할 때면 새벽에 나온 기사들을 확인하며 정신없이 출근하는 와중에도 늘 스스로에게 말했다. '하루의 끝에 어떤 후회도 남지 않게, 오늘도 하고 싶은 거 다 해보자'. 주어진 자리에서 월급 받는 만큼만 일해서는 내가 어떤 사람인지 알 수 없었다. 실패했을 때 부담해야 하는 리스크에 멈칫하기만 해서는 성장도 할 수 없기 때문이다. 그러니 어떤 상황이든 피하지 않고 기꺼이 새로운 일에 뛰어드는 건 일을 대하는 태도인 동시에 나를 위한 선물이었다. 나를 더 행복하게 해줄 선택지를 만들기 위해서는 치열하게 도전하는 수밖에 없었다.

물론, 지치는 순간은 피해갈 수 없다. 아무리 사랑을 많이 받고 자랐어도 항상 해맑을 수는 없었다. 가끔 뜻대로 일이 풀리지 않아 우울한 퇴근길에는 혼자서 이런 생각을 한 적도 있었다. 다 짜인 퍼즐 판, 그중에 딱 하나 비어있는 자리, 그 자리에 내가 맞지 않는 것 같다고. 깎고 깎아내서라도 빈자리에 맞춰 가야 하는 걸까 고민하다가도 과감히 그 생각을 멈추게 하는 건 '나다움'이다. 친구들보다 구구단을 늦게 배워도, 영재 학원에 다니지 않아도 나는 늘 잘했다는 자신감이 20대 후반에도 삶을 버티게 만든다. 어떤 직업에 꼭 맞지는 않아도 서툴게나마 진짜 내 삶을 그려나가고 있다는 믿음이 또 한 걸음을 내딛게 만든다. 잘하고 있다. 그러니 내일도 나답게 웃자.

이름 불러주는 게 좋아

몇 년 전에 '소확행' 열풍이 불었다. 모두들 일상 속에서 큰 노력 없이 소소하게 누리는 행복을 찾아 대동단결한 느낌이었다. 그 틈에서 '내 소확행은 무엇일까?' 생각하다 문득 이름 불러주는 걸 그렇게 좋아한다는 사실을 깨달았다.

나이가 들면 주어지는 역할이 많아진다. 특히나 직장 생활을 시작하면 명함과 사원증에 적힌 직함이 이름의 자리를 대신한다. 나 역시 회사 생활을 시작한 뒤로는 '효선아'하고 이름을 불러주는 사람이 극히 드물어졌다.

학교 다닐 때야 선생님과 친구들이 매일같이 이름을 불러준다. 하지만 학교를 떠나서부터는 치열한 일상에 치여 친구의 존재는 점차 작아지고 그 자리를 보통은 직장 동료들이, 기자의 경우 '취재원'이라는 이름으로 묶이는 관계자들이 대신한다. 직함을 부르는 게 예의인지라 상사들은 나를 '서 기자'라고 칭했다. 회사 밖에서 나를 마주하는 사람들은 '기자님'이라는 호칭으로 나를 불러주었다. 그나마 편하게 지내는 후배들은 '선배'라는 호칭으로 나를 부른다. 이들의 예의가 싫은 건 아니었지만 어느 순간부터 '효선아'라고 편하게 불리는 순간들이 그리웠다.

그래도 집에서만큼은 이름을 불러주지 않냐고 생각하기 쉽지만 학교와 직장을 이유로 17살 때부터 집에서 나와 살았으니 내 이름을 불러줄 엄마 아빠랑 일찍 떨어졌다. 가끔 전화할 때면 엄마 아빠는 내가 태어났을 때 그렇게 고민하며 열심히 지은 '효선'이라는 이름 대신 '딸'이라는 이름으로 더 많이 부른다. 그게 너무 익숙한지 하나밖에 없는 동생도 언젠가부터 '누나' 대신 '딸'이라고 부르기 시작했다.

'왜 그렇게 이름으로 불리고 싶은 걸까?'

생각해보니 나를 '효선아'라고 불러주는 몇 안 되는 사람에게 겨우 내 속 얘기를 터놓았기 때문이었던 것 같다. 사회생활을 시작하면서 만나는 사람은 급속도로 늘어가는데 그중에 편한 존재는 점점 더 귀해지니 편한 이에게 내 이름으로 불리는 순간이 좋았나 보다. 나를 둘러싼 모든 의무와 부담감에서 해방되고 오롯이 나로 마주하는 느낌이랄까.

스스로에 대해 아는 건 참 어렵다. 내가 무엇을 할 때 좋아하는지,

어떨 때 행복한지 당연히 알고 있는 것 같으면서도 시간 내 들여다보지 않으면 찾기 어렵다. 이름 불리는 걸 좋아한다는 걸 알게 된 이후로 나는 스스로를 더 귀하게 여기려고 노력하고 있다. 대표적으로 요즘은 내 이름을 부를 수 있는 편한 사람들에게 일부러 더 얘기한다. 나는 이름 불러주는 게 좋다고. 편하다는 이유로 '야', '너'하는 건 누구나 달가울 리 없겠지만 다른 사람들보다 이름 불리는 것에 더 많은 의미를 부여하는 사람이라고.

혼자서도 더 많이 불러줘야겠다. 효선아, 효선아, 효선아.

나도 그래

지인의 출산이 임박했을 무렵, 필요한 건 없나 궁금해 전화를 걸었다.

"아기 곧 나오나?"

"응, 너 같은 딸로 키우고 싶은데 어떻게 해야 되나?"

듣자마자 웃으며 답했다.

"오빠, 그 말 후회할걸."

어릴 적의 나는 엄마가 빨래를 개어 놓으면 뒹굴뒹굴하면서 다 헤쳐 놓았다고 한다. 기껏 끝낸 집안일을 망치니 화가 났을 법도 한데 엄마는 하지 말라고 하지 않았다. 장난치고 싶을 만큼 다 칠 때까지 그대로 뒀다. 어느 날 놀이터에서 놀다가 갑자기 학습지 선생님의 손을 잡고 집에 돌아왔을 때도 그랬다. 엄마는 꽤나 당황스러웠을 텐데도 하지 말라고 하지 않았다. 하고 싶은 공부를 하게 했고, 그 덕에 영어, 수학, 중국어 등 온갖 학습지를 가지고 온종일 잘 놀았던 걸로 기억한다.

나는 늘 하고 싶은 게 많았고, 20대 후반인 지금도 그렇다. 가끔 엄마랑 통화하면서 "엄마, 나 하고 싶은 게 생겼어!"라고 해맑게 말하면 엄마는 순간 숨을 들이켰다가 잠깐 심호흡을 하고 말한다.
"이번엔 또 뭐야? 엄마는 네가 그렇게 말할 때가 제일 무서워."

이만큼 하고 싶은 게 많은 딸을 키우느라 엄마가 힘들었을 것 같기는 하지만, 그 미안함의 크기만큼 불어오는 바람을 즐기는 사람으로 클수 있었다. 무엇을 하든 주도권을 쥐고 계획하는 걸 즐겼고 도전 앞에서 대담했다.

가끔은 이런 내가 조직 생활엔 잘 안 맞지 않은지 생각에 잠겼다. 이 고민은 기자를 그만둘 때 제일 극에 달했다. '그냥 프리랜서를 하는 게 맞지 않을까, 또다시 조직에 들어가려 하는 게 맞나?'

기자는 기획을 하기는 하지만 세상의 흐름에 같이 휩쓸리며 그 안에 녹아들어 제작을 해야 한다. 그렇게 주도권 없이 흔들리는 일상은 늘 불안했다. 완벽하게 세웠다고 자신한 촬영계획도 비가 내리면 순식간에 물거품이 돼버렸다. 장마나 폭설 예보가 있을 때면 언제 불려 나갈지 알 수 없었으니 아무런 약속도 잡지 못했다. 봄철의 산불은 아무리 내가 불을 조심한다고 해도 막을 수 있는 게 아니었으며, 다른 수많은 자연재해 역시 예고 없이 갑자기 일어나는 게 당연한 것들이었다. 이 수많은 예측 불가한 것들이 계획적인 내 성향엔 너무 힘들었고, 그러다 보니 제작보다는 기획이 더 잘 맞지 않을까 하는 생각이 자연스레 따라 왔다.

고민은 끝나지 않았지만, 언제나 그랬듯 시간은 생각 정리가 끝날 때까지 나를 기다려 주지 않았다. 처음 기자가 될 때도 살다 보니 어쩌다 그랬던 것처럼, 이직도 그랬다. 내 간절함에 운 한 스푼, 주변의 기도 한 스푼이 더해져 새로운 길을 열어주었다. 해보고 싶었던 전략기획을 하게 되었고, 결정하는 순간이 늘어날수록 개성과 추진력이 강해졌다. '내가 손대면 달라' 하는 자신감으로 한 번 한 번의 프로젝트에 치열하게 매달렸다. 할까 말까 할 때는 하고 봐야 직성이 풀리는 성격인지라 쉴 새 없이 도전했다. 그렇게 분명 하나씩 성과를 만들어내고 있었지만 퇴근길에는 항상 생각이 많아졌다. '또 한 번의 직장인 생활을 선택한 건 과연 맞았을까?' 정답이 없다는 걸 알면서도 자신이 없어지는 순간이 반복해서 찾아왔다. 특히나 외부 미팅을 끝내고 일어서며 대표님들이 "여기 오래 안 있을 사람 같은데. 자기 사업할 사람으로 보여요."라고 말하는 날이면 지난날의 내 선택을 더 의심했다.

그렇게 끊임없이 나를 의심하며 마음이 복잡하던 어느 날, 우연히 상사와 한적한 길을 걸으며 대화할 잠깐의 여유가 찾아왔다.

"일은 어때?"

"기자일 때에 비하면 많이 힘들거나 한 건 아닌데요. 잘한 선택이었는지는 조금 헷갈려요."

"왜?"

"느끼셨겠지만 저 일할 때 개성 강한 편이잖아요. 그제는 누가 저한테 여기 오래 안 있을 사람 같아 보인다고 하는 거예요. 나중에 자기 사업할 사람 같다고."

그는 한바탕 웃다가 나지막이 말했다.

"나도 그래."

"네?"

"조직 입장에서야 당연히 평범한 사람이 좋지. 여기 보내도 무난하고 저기 보내도 무던하게 잘 있는 그런 사람. 근데 나도 못 그랬어."

아빠뻘 되는 상사가 해주는 '나도 그래'라는 그 말이 그때는 꼭 '괜찮아'라는 위로로 들렸다. 너보다 인생을 30년 가까이 더 산 나도 꼭 평범하지만은 않았다고. 그래도 나만의 색채를 가지고 지금까지도 회사에 잘 남아있으니, 너도 그럴 수 있어 하는 뜻으로 들렸다.

그리고 그건 우리가 살면서 마주하는 모든 선택의 순간에 꼭 정답은 없다는 뜻일지도 모른다. 이름만 들으면 다 아는 대기업에 다니는 누군가도, 일류 대학에 합격한 어느 누군가도, 자신이 마주하는 매일이 꼭 마음에 차지 않을 수 있다. 그건 그 선택이 틀렸다기보다는, 어차피 답이 없는 질문에서 나만의 답을 만들어가는 과정이지 않을까.

늘 그렇듯 생각이 많은 퇴근길이었지만, 그날은 '나도 그래'라는 이 든든한 네 글자가 복잡한 마음을 다독였다.

버틴다는 건 그 자체로 위대한 일

너 뉴스 왜 하니?

"그때, 너한테만 유독 모질어서 서운했니?"

어느 가을날, 여의도에서 만난 교수님은 조심스레 물었다. 그날은 교수님과 내가 '스승과 제자'에서 '선배와 후배'로 새롭게 마주한 첫날이자, '스물셋 대학생'에서 '스물넷 직장인'으로 나의 스승을 처음 마주한 어색한 순간이었다.

휴학 한번 없이 취준생이 되었던 나는 많은 것들에 지쳐 있었다. 스무 살 때부터 계속해온 방송일은 익숙하면서도 확신이 없었다. 간절한 만큼 엄청난 경쟁률 앞에 겁먹는 건 당연했다. 그땐 이 길이 내 인생의 전부인 것만 같아서 이제 와 다른 걸 준비하기에는 늦었다고 생각했다. 지금 생각해보면 그때도 늦지 않았지만.

불안과 두려움, 아쉬움, 설렘. 이 많은 이유들 틈에 포기할 수 없었던 또 하나의 이유는 그때 나를 가르쳤던 선생님들 '덕분'이기도 하고 '때문'이기도 했다. 특히나 4학년, 이력서를 본격적으로 쓰기 시작하던 시절 나를 맡으셨던 교수님은 유난히 내게 모질었다. 매 레슨 때마다 받았던 피드백을 기록해놓는 연습 일지가 있었는데 지금 다시 봐도 와⋯ 레슨 때마다 안 운 것만으로도 기특하다. 특히나 학기 내내 받았던 수많은 피드백 중에 아직도 잊히지 않는 한마디가 있다.

"너 뉴스 왜 하니?"

레슨 하다가 갑자기 뉴스를 왜 하냐니. 당황해 대답을 머뭇거리는 내게 교수님은 다시 물었다. 면접 때 답할 그럴듯한 이유 말고, 정말로 솔직하게, 너 뉴스 왜 하느냐고. 강의실 한복판에서 나는 고민에 빠졌다. 자기소개서에 적힌 거창한 이유 말고, 면접 때 답하기 위해 그럴듯하게 외운 답 말고, 정말로 나는 뉴스를 왜 하는 걸까. 아무리 기다려도 내가 답을 못하자 교수님은 말했다.

"뉴스 하는 네가 행복해야 해. 그런데 네 얼굴은 지금 하나도 행복해 보이질 않는구나."

그날, 나는 강의실을 나오면서 참았던 눈물을 터뜨렸다. 꽃이 만개한 어느 화창한 봄날이었던 걸로 기억하는데 그 예쁜 캠퍼스 한복판에서

나 혼자 눈물이 멈추지 않았다. 이 일이 있고 몇 달 뒤에 내가 바로 입사를 하지 않았다면, 나는 아마 그때 방송을 접었을 거다. 행복할 자신이 없었으니까.

4년이었다. 무엇이든 4년을 준비하면 어떻게 행복하기만 할 수 있을까. 쌓여가는 시간은 곧 부담이 된다. 포기하면 이 시간이 다 부질없어질 것이라는 두려움에 속 시원하게 포기도 못 했다. 다른 길에 한눈을 팔면 합격하지 못할까 마음을 다잡았다. 누가 반드시 이 길을 가야 한다고 등 떠민 것도 아니었으니 어떤 결과가 나오더라도 내 선택에 책임을 져야 한다는 압박도 따랐다. 그렇게 누구에게 힘든 티도 못 내고 괜찮은 척, 자신 있는 척 스스로까지 속이며 버티는 게 고시생들의 흔한 모습이 아닐까.

회사에 들어가 우당탕탕 요란한 적응기를 거치며 정신없던 어느 날, 특히나 내게 모질었던 교수님은 갑자기 밥을 사주고 싶다고 연락해 오셨다. 여의도 한 식당에서 파스타를 사주시면서 교수님은 물으셨다.

"그때, 다른 아이들 틈에 콕 집어 너한테만 모질어서 서운했니?"

아니라고 하기엔 솔직히 서운했다. 그렇다고 또 그냥 서운한 꾸지람으로 받아들이기엔 막상 직장 생활을 해보니 정말 중요한 질문이었다는걸 알게 됐으니 빙그레 웃음으로 답을 대신했다.

"그때, 그 학교에서, 그 강의에서, 기억에 남는 유일한 학생이었단다."

뒤이은 교수님 말씀과 애정 어린 눈빛에 돌아오는 길에 한참을 가슴이 먹먹했다.

지치고 흔들리는 순간은 누구에게나 온다. 그 고민의 과정이 행복하지 않아도 전혀 이상하지 않다. 어쩌면 그 순간은 나의 노력이 빛을 발하기 시작한다는 시그널일지도 모른다. 이렇게 아파할 만큼 나의 간절함이 목표를 향한다는 뜻일 테니. 그렇게 간절하다면 이뤄지지 않을 리없다.

맷집도 경쟁력이다

어느 저녁 식사 자리. 맞은편에 앉은 내 눈을 빤히 보며 50대 공무원이 말했다.

"기자님, 내가 기자님 또래 사회초년생들 보면 꼭 해주고 싶은 말이 있는데. 맷집도 경쟁력이에요."

갑자기 왜 이런 말을 하는 걸까. 어리둥절한 표정으로 다음 말을 기다렸다. 그리고 문득 머릿속을 한 기사가 스쳐 지나갔다. 그때는 나와 비슷한 나이의 사회초년생 공무원이 세상을 떠난 일이 기사를 통해 알려지면서 많은 이들의 안타까움을 샀던 시기였다. 아빠뻘의 취재원이었던 그는 내가 그와 겹쳐 보였는지, 아니면 겨우 스물다섯인 나를 딸처럼 여기는 마음에 그랬는지 잘은 모르겠지만 술잔을 기울이면서 조곤조곤 얘기를 이어갔다.

"평생을 보호 속에서만 살아왔던 청년들이 사회에 처음 나오면 스스로가 초라해 보이는 게 당연한 거예요. 나만 적응을 못 하는 것 같고, 나 빼고 다른 사람들은 다 자기 일을 완벽하게 해내는 것 같고, 같이 입사한 동기는 옆에 팀에서 예쁨받고 사랑받는 것 같고, 나 홀로 세상에 외톨이가 된 것 같은 그런 기분, 말하지 않아도 알아요. 안타까운 건 차라리 예전처럼 이렇게 술잔을 기울이며 속을 털어놓고, 필요하다면 엉엉 울고 토닥여주고 그러면 좋을 텐데. 너무나 많은 청년이 혼자서 외롭게 죽음을 택한다는 거죠. 그러니 기자님은 어떤 방법으로든 버텨요. 맷집도 경쟁력이니."

얘기를 듣는 내내 눈물을 참기 위해 애썼다. 그날은 언제나 그렇듯 나에게도 꽤 고된 하루의 끝이었는데 입 밖으로 쉽게 꺼내놓지 못했던 속마음을 좋은 어른이 들여다 봐준 느낌이었다. 그리고 집에 가면서 생각했다. 아마 그의 마음은 우리 엄마의 마음과 비슷하지 않을까.

입사한 뒤로 계속해서 살이 빠지고 너무 많이 우는 나를 보면서 엄마는 말했다.
"부족한 것 없이 키웠는데. 엄마는 너만큼 가졌으면 참 행복할 것 같은데. 회사만 가면 너무 힘들어하는 우리 딸을 보면서 엄마 마음이 아파."
엄마의 이 마음은 아마 모든 사회초년생 부모님 마음과 같았을 거다. 살면서 처음 내 아들딸이 겪는 차디찬 세상을 어떻게 대신 겪어줄 수도 없고 막아줄 수도 없어서 그냥 한 발짝 뒤에서 묵묵히 지켜볼 수밖에 없는 그런 마음.

하필이면 다음 날 아침. 아무 생각 없이 커피를 사러 가는데 복도에서 엉엉 울고 있는 여자분이 보였다. 누가 봐도 앳된 얼굴의 사회초년생. 마주 앉은 사람은 직급이 좀 더 높아 보이는 사람이었다. 이른 아침이라 복도가 너무 조용한 탓이었는지 들으려고 들은 건 아닌데 두 사람의 대화가 들렸다.

"노력하는 건 알겠는데 투자에 비해서 결과가 너무 안 나와요."

대답으로 차라리 어떤 말이라도 들렸다면 나았을 텐데. 들려오는 건 말이 아닌 세상 서러운 울음소리뿐이었다. 직접 휴지를 건네주지도 못했고, 할 수 있는 건 그냥 못 본 척 지나가는 것밖에 없었지만 그에게도 말해주고 싶었다.

'부디 잘 버텨요. 맷집도 경쟁력이랬어요.'

나만 못하는 것 같고, 나만 서툰 것 같은 시절, 나의 은인들은 말했다.

"괜찮아, 아직 3년 차니까 그렇지."

"괜찮아, 가끔은 울면서 찾아오라고 선배 있는 거지."

"괜찮아, 너는 오늘도 충분히 반짝였단다."

이 말 한마디에 그때의 나는 하루를 살아냈고 한 번 더 일어섰다. 그

말 한마디 한마디가 곧 맷집이 되어 나를 버티게 해줬다.

　그러니 부디 이 땅의 모든 사회초년생들, 포기하지만 말아요. 조금
서툴러도 당신의 하루는 충분히 빛났으니. 버틴다는 건 그 자체로 정말
위대한 일이에요.

울고 싶을 땐 더빙실

상암동에는 병원이 참 많다. 내과, 외과, 가정의학과, 이비인후과, 산부인과 등 종류도 다양하게. 마치 24시간 돌아가는 방송국 사람들이 버티다 못해 쓰러져 나오면 언제든지 그들을 받아줄 준비가 돼 있는 것처럼. 나 역시 너무 힘든 날이면 패잔병처럼 횡단보도 두 번 건너면 있는 병원에 가서 쓰러져 누웠다.

택시를 타면 항상 '기사님 최대한 빨리요'가 입버릇이었던 것처럼, 쓰러질 것 같은 몰골로 진료실에 들어갈 때마다 자동으로 나오는 말은 '수액은 왼팔에 맞을게요'였다. 오른팔에 바늘을 꽂고 있으면 급한 연락이 왔을 때 대처하기 어려웠다. 회복실에 누워 있는 와중에도 늘 핸드폰은 꼭 쥐고 있었다. 그날도 예상은 빗겨나가지 않았다. 눕자마자 핸드폰에는 진동이 울렸고, 받자마자 들려온 첫마디도 짐작했던 그대로였다.

"효선 씨, 언제 들어와?"

"30분에서 한 시간이요. 급한 거면 말씀하세요."

이제 막 꽂은 바늘을 빼고 다시 사무실로 뛰어 들어가는 것보단, 이 자리에서 핸드폰으로 처리하는 게 빠르다는 걸 알았던 나는 익숙하다는 듯 남겨둔 오른팔로 핸드폰을 두드렸다. 내 밥보다 핸드폰 배터리를 먼저 챙기고, 수액은 꼭 왼팔에 맞으려고 병원 침대에 누울 때조차 한 번 더 생각해야 하는 처지가 그날은 유독 안타까웠다. 이런 내가 너무 불쌍해서, 핸드폰만 남겨둔 채 사라져버리고 싶었다. 그러니 아마도 그날 울었던 건 너무 아파서라기보다는 서러워서가 맞았을 것이다.

급한 일을 대충 끝냈지만, 자꾸만 차오르는 눈물을 어쩌지 못해 결국 한 칸짜리 화장실에 숨어들어 눈물을 쏟아냈다. 대충 눈가를 닦아내고 아무 일 없던 척 찬물로 손을 씻는데 마침 선배 한 명이 화장실에 들어왔다. 거울에 비친 내 얼굴을 보던 선배가 옆에서 손을 씻으며 물었다.

"울었어?"

회사에서 울어서 좋을 게 없다는 걸 너무 잘 알았던 나는 답하지 못했다. 또 한 소리 듣겠다 싶어 긴장하고 있던 찰나 선배가 말했다.

"따라와."

그렇게 말없이 선배를 따라 올라간 더빙실, 선배는 갑자기 마이크 볼륨을 올리고 녹음 부스 문을 열어주면서 말했다.

"마이크 켜지면 밖에 On-Air에 불 들어오는 거 알지. 아무도 안 들어올 거니까 여기서 울고 싶은 만큼 울고 나와."

더빙실에서 마이크를 켜고 녹음 프로그램을 작동시키지 않으면, 밖에서는 On-Air 불빛이 켜져서 무언가 녹음 중인 것처럼 보이지만 실제로는 아무것도 녹음되지 않는다.

'이 기발한 생각을 해내다니. 너무 똑똑하잖아!' 선배의 지혜에 놀라 멍해진 나를 두고 쿨하게 뒤돌아 나가던 선배는 "화장실에선 우는 거 아니야. 다 들리거든."이라는 또 하나의 가르침을 툭 던진 채 사라졌다.

고요한 더빙실에 혼자 남은 나는 멍하니 빨간 불이 들어온 On-Air 표시등을 바라보고 있었다. 아무도 의심하지 않는 가장 완벽한 표시등 아래 가장 엉망인 모습으로 숨어 있는 기분이 묘했다. '저렇게 세상 강해 보이는 선배도 여기서 남모르게 참 많이 울었겠다'라는 생각 한편으로 '어쩌면 이렇게 눈물이 나는 순간들을 다 지나 보내고 나면 저렇게 선배처럼 씩씩한 어른이 되어있지 않을까' 하는 희망도 피어났다.

멍하니 앉아 있다 돌아온 내게 선배는 왜 울었냐고 묻지도, 괜찮냐고 아는 체하지도 않았다. 우리는 그날 아무 말도 하지 않았지만, 선배가 무엇을 말해주고 싶었는지 알 것 같았다. 그렇게 하나씩 너를 온전히 지켜낼 수 있는 공간과 시간을 만들 줄 알아야 한다고. 어쩔 수 없이 주저앉을 수밖에 없는 순간이 찾아올 때도 그렇게 너를 지킬 줄 알아야 한다고 가르쳐주고 싶었던 게 아닐까.

꼭 해주고 싶은 이야기, 밥 잘 먹어

기자라면 누구나 아등바등 지키려고 하는 것이 있다. 눈감고도 뚝딱 기사 한 편 써낼 것 같은 선배도 이제 막 기자 생활을 시작한 신입도 정도의 차이만 있을 뿐 기자라면 누구나 신경 쓰는 것, 그건 바로 '마감 시간'이다. 특히 입사 초반에는 본인의 글에 자신이 없으니 마감을 더 빨리하려고 서두르게 된다. 신입 때의 내가 급한 마음에 제일 먼저 포기한 건 '밥'이었다.

일이 뜻대로 풀리지 않거나, 촬영이 지연되어서 일정이 꼬일 때 툭하면 점심 식사를 거르곤 했다. 퇴근이 늦어지는 날에는 집에 가서 얼른 씻고 눕고 싶은 마음이 간절했으니 저녁도 안 먹기 일쑤였다. 하루 한 끼 먹을까 말까 하는 데 소모하는 에너지는 엄청났으니 살이 찔려야 찔 수가 없었다. 그리고 뒤늦게 안 사실인데 밥 먹을 시간도 남기지 않고 몰아친 하루의 끝에 돌아본 나는 온몸에 가시가 돋아난 사람처럼 뾰족

뾰족, 예민 그 자체인 사람이 되어 있었다. 다행인지 불행인지 타인에게 감정을 잘 드러내지 않는 성격이어서 가장 만만한 스스로에게 짜증이란 짜증은 다 냈다. 일정을 더 촘촘하게 계획하고, 다 외운 원고는 촬영 직전까지 몇 번이나 다시 보면서 완벽해야 한다고 스스로를 옭아맸다.

가끔 아파서 약국에 들러 약을 받아들 때면 습관적으로 물었다.

"밥 안 먹고 약 먹으면 어떻게 돼요?"

약사님들은 항상 안 된다며 검은 네임펜으로 식후에 별표를 쳐주셨는데 그게 무서워 차라리 약을 안 먹기를 택했으니 진짜 지독하게도 밥을 안 먹었다. 그렇게 밥을 뒷전으로 미룬 시간이 누적되면서 체질이 변했는지 어느 순간부터는 좀처럼 살이 붙지 않았다. 정확히는 일부러 밥을 먹으려고 해도 넘어가질 않는 느낌이랄까. 입맛이 없다고 밥은 안 먹는데 스트레스받는다고 커피는 달고 살았으니 위경련이 반복됐다.

그러던 어느 날, 아침부터 현장 취재에 한창 집중하던 도중 점심 무렵이 찾아오자 같이 있던 선배가 물었다.

"밥 안 먹어?"

"아, 저는 생각이 없어서요. 여기까지만 하고 잠깐 끊어서 갈게요. 식사하고 오세요."

대답을 들은 선배는 엄한 표정으로 말했다.

"너 일 잘 못 배웠어. 누가 밥도 안 먹고 일하라고 가르쳤어?"

기자 생활 하루 이틀도 아닌데 이런 말을 들은 적은 처음이라 순간

멍해졌다. 밥은 내가 포기를 선택할 수 있는 가장 쉬운 존재라고 생각했는데. 이걸 잘못했다고 하다니. 황당하지만 그렇다고 밥 하나 가지고 선배한테 따져 물을 만큼 대단한 문제도 아니니 선배를 따라 근처 국밥집에 들어갔다. 입맛은 없었지만, 그냥 먹었다. 그래야 한다고 하니까.

신기하게도 이 나쁜 습관을 후배들이 똑같이 닮아간다. 그 시절 대화도 똑같이 반복된다. 나는 볼 때마다 밥 먹었냐고 묻고, 후배들은 입맛이 없어서 안 먹었다고 답하고의 반복이다. 항상 안 먹었다고 답하는데도 꾸준히 밥 먹었는지 묻는 내가 후배들은 그저 지겹겠지만, 나와 똑같은 길을 걷지 않길 바라는 애타는 마음에 어떻게든 달래 식당에 마주 앉는다. 마음 같아서는 모든 힘든 일은 다 막아주고 대신해주고 싶지만, 항상 함께해줄 수는 없기에, 내가 없는 날에도 혼자서 밥을 챙겨 먹는 이 여유라도 배웠으면 좋겠는데. 이 마음까지 전해졌으려나.

이제는 더 이상 사회초년생도 아니고, 눈치 볼 사람도 줄어 밥은 더 쉽게 안 먹을 수 있게 되었지만 가끔 입맛이 없을 때면 선배들의 조언이 생각난다.

"위로 갈수록 조급해지거든. 그렇다고 밥 안 먹고 그 시간에 일하잖아? 그럼 점점 네 짜증을 괜히 후배들한테 풀게 될 거야. 살이 빠지고 건강이 안 좋아지고 그런 문제를 떠나서 밥 안 먹으면 좋은 관리자는 될 수 없어."

그러니까 모두에게 꼭 해주고 싶은 이야기, "밥 잘 먹어요, 우리."

이토록 깔끔한 투명 인간 취급이라니

'불만 고객을 위한 원칙 하나, 나를 조직의 피뢰침으로 생각할 것. 고객의 화는 나를 향하는 것이 아니라 내가 제공하는 서비스, 지금 이 상황을 향하는 것이다.'

CS 컨설팅 수업을 듣던 나는 순간 칠판을 멍하니 바라보다가 '이걸 조금 더 빨리 알았으면 어땠을까?' 혼자 생각에 잠겼다.

"서울에 아직도 대장간이 남아 있대. 신선하지 않아? 이거 기획으로 한번 들어가 보면 어때?"

팀장의 호기심 가득한 한마디로 일이 시작될 때만 해도 대장간 기획 취재가 얼마나 힘들지 짐작조차 하지 못했다. 늘 그렇듯 새로움 앞에 겁 없이 뛰어드는 나였으니까. 걱정보단 설렘이 컸다. 이런 나를 보며 촬영 준비를 도와주던 학예연구사는 몇 번이나 미리 언질을 주었다.

"대장간은 옛날부터 남성의 공간이라는 인식이 강해서, 외부인인 데다 특히나 여자 기자가 들어가서 취재한다고 하면 달가워하지 않을 수 있어요. 인터뷰도 쉽지 않을 수 있고요."

그때도 나는 '언제라고 쉬운 촬영이 있었나?' 하며 대수롭지 않게 여겼다.

하지만 난생처음 찾아간 대장간에 첫발을 내디딘 순간 나는 당황을 숨길 수 없었다. 이토록 깔끔한 투명 인간 취급이라니! 이른 새벽부터 대장간의 하루를 담기 위해 찾아간 우리에게 대장장이 할아버지는 눈길조차 주지 않았다. 그저 탕탕탕 붉은 쇳덩이에 집중해 망치를 두들기기 바빴다. 첫인사도 못 나눴으니 당연히 마이크도 채우지 못했다. 싸늘한 분위기에 당황하던 나는 영상취재 선배의 괜찮다는 손짓에 눈치껏 아무렇지 않은 척 말을 붙이기 시작했다. 하지만 쇳덩이 두들기는 소리는 어찌나 큰지, 목이 터져라 질문을 외쳤지만 망치질 소음에 묻혀 금방 묻혀버리고 말았다. 분명히 실내였지만 찬바람이 그대로 들어오는 겨울의 대장간은 조금만 서 있어도 금세 손발이 얼어붙었다. 분명 커다란 화덕이 뿜어내는 열기와 한편에 놓인 난로가 적지 않은 온기를 뿜어내고 있었지만, 눈 한번 맞춰주지 않는 인터뷰이에게 다친 마음처럼 코끝엔 한기가 그대로 느껴졌다. 처음 기획할 때 가졌던 열정은 화덕에서 꺼낸 쇳덩이가 찬 기운에 새까맣게 식어가는 것처럼 점점 빛을 잃어가고 있었다.

첫 대장간 촬영을 마치고 차에 돌아온 나는 기운이 쭉 빠진 채 축 늘어져 혼자 생각에 잠겼다. 나뿐만 아니라 뒷좌석에 탄 영상취재 선배도 너무 지쳐 보여서 이후 촬영을 취소하고 싶은 마음이 굴뚝같았다. '얼마나 열심히 공부했는데 월급 받겠다고 이렇게까지 무시당하는 것도 참아야 하나' 하는 억울함이 치밀어 올랐다. 하지만 첫 대장간에서 인터뷰는 안 나와도 너무 안 나왔고 당연히 촬영은 계속해야만 했다.

"기자는 어딜 가나 환영받는 직업이 아니야."

순간 내가 기자 일을 하는 걸 그다지 좋아하지 않던 아빠의 말이 생각나 괜히 코끝이 찡했다.

시무룩해 있던 것도 잠시, 한번 시작한 이상 끝은 봐야 한다는 특유의 '깡'이 다시 발동한 나는 다음 대장간에 도착하기 전까지 그동안 수없이 해왔던 혼자만의 응급처치를 시작했다.

'자존심은 이불 속에 두고 출근했어. 오늘도 다르지 않아.'

그리고 두 번째 대장간에 들어서며 다시 있는 힘껏 입꼬리를 끌어올리고 외쳤다.

"안녕하세요."

길거리 인터뷰 때 잡상인 취급과 함께 수많은 거절을 당하면서도 꿋꿋하게 다시 웃으며 일어났던 것처럼, 아무리 힘들어도 대기실에선 늘 웃으려 했던 때처럼. 가끔 눈에는 눈물이 차올라 눈앞이 뿌예질지라도 입꼬리만큼은 어김없이 웃었다. 몇 번이고 넘어져도 다시 일어나는 오뚝이처럼.

 가끔 지난날이 그리울 때, 내가 남긴 수천 개의 기사 중 단 하나도 찾아보지 않는 건 그 기사 하나하나에 얼마나 많은 안쓰러운 웃음이 담겼는지 알기 때문인지도 모른다. 거절당하는 것에 익숙해지는 방법 같은 건 없으니, 너무 그렇게 아무렇지 않으려 애쓰지 않아도 된다고 말해줬으면 좋았을 텐데. 그 많은 거절이 꼭 너를 향한 건 아니었다고, 그저 순간순간 네가 피뢰침이었을 뿐이라고 알려줬으면 조금 덜 아팠을 텐데.

나만의 고요

벚꽃이 필 때쯤이면 빠지지 않는 기사가 있다. 바로 서울 곳곳의 벚꽃 개화를 알리는 스케치 기사다. 그렇게 어려운 기사는 아니다. 발품을 팔아 풍경을 화면에 잘 담고, 담긴 풍경을 글로 잘 표현해내기만 하면 되니까. 하지만 주말까지 이어지는 촬영이 피곤해서였을까. 그날의 나는 유독 예민했다. 촬영하러 가는 차에서도 말이 없었다. 무슨 일이 있을 것이라는 걸 이미 알고 있는 사람처럼.

일이 생긴 건 중랑천 벚꽃길 한가운데서였다. 꽃길 사이에서 솜사탕을 만드는 아이들의 얼굴을 담고, 아이 손을 잡고 주말 나들이에 나선 가족들을 인터뷰할 때까지 촬영은 제법 순조로웠다. 촬영을 얼추 마치고 마지막으로 벚꽃을 배경으로 스탠딩 촬영이 시작됐다. 카메라가 나를 향하자 벚꽃을 보던 사람들의 시선이 내게 멈췄다. 어디서 나는지 모를 찰칵 찰칵 소리가 순식간에 나를 둘러쌌다. 왜인지 모르게 그날

87

은 그 '찰칵' 하는 소리가 그렇게도 싫었다. '내가 예민하다, 오늘 피곤해서 그렇다.' 스스로를 다독였지만, 표정은 좀처럼 풀리지 않았다. 화사한 벚꽃길과 내 모습이 대조된다는 생각에 괜히 더 그렇게 느꼈는지도 모르겠다.

이런 생각조차 들키고 싶지 않아 어떻게든 촬영에 집중하려던 순간, 나를 보고 있던 촬영 선배의 눈이 커지고 "어… 어… 어…!"하는 소리가 들렸다. 누군가 내 등 뒤에서 나를 향해 달려들려 한 것이다. 생방송이 아니었던지라 선배가 카메라를 버리고 달려와 물리적인 충돌은 없었지만 내 얼굴은 순식간에 하얗게 질려버렸다. 아마도 종각 젊음의 거리에서 연말 생방송을 하던 중에 취객이 내 등 뒤에서 달려들던 상황이 떠올라서였을 것이다.

그날 내게 달려들었던 어느 시민은 이유를 설명하지 않았다. 사과도 하지 않았다. 그냥 정신없는 틈을 타 어디론가 사라졌을 뿐. 나 또한 따지지 않았다. 아니 정확히는 화를 내지 못했다. 검색창에 이름만 쳐도 금방 얼굴이 나온다는 부담과 '기자는 공인'이라는 세상의 관념 앞에서 내가 선택할 수 있었던 건 침묵이었다. 그저 어색한 미소를 얼굴에 걸고 다시 카메라 앞에 서는 게 나의 일이었다.

힘든 촬영을 끝낸 날이면 밤에 혼자 끙끙 앓았다. 자다가 나도 모르게 움찔해 놀라서 깨거나, 온몸을 감싼 한기에 으슬으슬 떨며 잠들지 못했다. 짙은 어둠 속에서 헤맨 흔적을 남기듯, 밤을 지새운 다음 날 얼굴은 유독 창백했다. 입꼬리도 좀처럼 움직이지 않았다. 출근하면 어김없이 마주해야 하는 카메라가 벅찼다. 어디가 아픈지는 모르겠는데 그런 하루의 나는 분명히 아픈 게 맞았다.

그리고 이런 벅찬 하루는 제법 자주 찾아왔다. 출근길 이유 없이 가슴이 답답해지기도 하고 별거 아닌 일이 툭 치고 지나가는데 갑자기 눈물이 핑그르르 고이기도 했다. 어디가 정확히 아픈지도 모르겠고, 다짜고짜 병원에 가서 '촬영하기 싫어요'라고 말할 수는 없으니 그런 날이면 가능한 빨리 하루를 정리하고 집으로 향해 요가 매트 위에 올랐다. 솔직히는 요가 매트 위로 도망쳤다고 보는 게 맞았다. 겨우 내 한 몸 누울 수 있는 한 폭의 공간, 좁지만 아무도 나를 찌를 사람 없는 혼자만의 공간으로 도망갔다. 거기선 철저히 혼자가 되어 나를 만날 수 있었다. 카르나피다사나, 두 다리로 두 귀를 막고 희미하게 들려오는 바람 소리에 집중했다. 이 세상에 나 혼자만 남은 것처럼 모든 걸 다 잊고 눈을 감았다. 있는 힘껏 온몸을 웅크리고 나만의 고요를 찾아 들었다.

눈이 오잖아

내게 겨울은 남들보다 늘 한 뼘 길었다. 추위를 많이 타는 체질인 내게 겨울은 유독 빨리 찾아왔다 늦게 떠났으니. 그나마 어릴 때는 눈이 좋아서 긴 겨울을 버텼는데 기자 일을 시작하고는 이마저도 싫어졌다. 눈 내리는 날 취재를 할 때면, 예측할 수 없는 눈이 참 미웠으니 말이다.

제설 대책을 취재할 때였다. 그해 겨울은 유난히도 눈이 오지 않았다. 눈이 와야 제설을 해도 할 텐데. 아이템이 정해질 때부터 피어난 불안함에 휩싸여 촬영 1주일 전부터 일기예보를 몇 번이고 들여다봤다. 그리고 드디어 눈이 오기로 한 날. 출입처였던 시청 건물 꼭대기 층에 올라간 아침부터 하염없이 창밖만 보고 있었다. 진작부터 섭외도 다 해뒀어서 할 일이 없었으니까 정말 눈만 오면 모든 게 완벽했다.

하지만 오전 10시부터 있던 눈구름 표시는 점점 흐림 표시로 하나씩 바뀌어 갔다. '아침부터 눈 온다더니 왜 안 오는 거야' 하는 짜증이 슬슬 치밀어 오름과 동시에 '오후엔 올 거야. 와야 해' 하는 조급함이 몰려왔다. 그리고 가장 크게 나를 지배한 감정은 이 황금 같은 시간에 하늘을 보는 것밖에 할 수 없는 나 자신에 대한 한심함과 무기력함이었다.

온갖 우울함 감정에 뒤덮여 입맛이라고는 조금도 없었다. 그래도 눈이 오면 촬영하느라 내내 밖에서 떨어야 할 테니 뭐라도 먹어보자며 후배랑 점심을 먹으러 나섰다. 오늘도 망했다는 우울함에 깨작깨작 밥을 먹고 나오던 길, 갑자기 하늘에서 눈송이가 내리기 시작했다. 길 한복판에서 손에 쥔 거라고는 핸드폰과 지갑뿐이었지만 순간 세상을 다 가진 느낌이었다. 기쁨도 잠시, 서둘러 촬영 나갈 준비를 했다.

본격적으로 쏟아지기 시작하는 눈, 그 틈에서 제설 작업에 한창인 사람들을 인터뷰하는 나를 향해 매서운 눈보라가 불어왔다. 패딩과 목도리 틈을 핫팩으로 어떻게든 막아봤지만, 오후 내내 맞은 찬바람을 견디기 힘들었던지 따뜻하던 핫팩도 차가운 돌덩이로 변했다. 다양한 제설 그림을 담아야 했으니 그날은 여기저기 다닐 곳이 많았다. 영등포구에서 강북구까지, 평소에도 퇴근 시간이면 한 시간 반은 족히 걸리는 거리를 가야 했다.

두 시간이 넘게 눈길을 뚫고 달려 도착한 강북구. 이미 캄캄해져 버린 밤에 시작된 마지막 촬영에 눈 폭탄을 조금이나마 막아보려 우산을 펼쳤지만, 우산을 쥔 손끝이 얼어붙다 못해 떨어져 나갈 만큼 아려와 포기했다. 매섭도록 얼굴을 때리는 눈을 그대로 맞으며 '이제 그만 좀 와라' 하는 간절함이 피어났다. 아무리 간절해도 내가 할 수 있는 건 없었다. 그저 '눈 좀 그치게 해주세요'라는 어디로 향하는지 모를 기도를 하는 것밖에.

촬영을 마치고 꽁꽁 언 빙판길을 택시로 뚫고 가던 퇴근길, 얼어붙은 손끝 발끝엔 이제 아무 감각이 없었다. 자정을 향해 가는 택시 안 시계만 멍하니 바라봤다. 전전긍긍했던 하루의 끝에 남은 건 지독한 허탈감이었다. 아침엔 '눈아 제발 와줘' 하며 하염없이 하늘만 보고 있다가, 저녁엔 '제발 눈아 그만 좀 와'라고 빌며 온종일 날씨에 휘둘리는 하루가 초라해 보였다. 그렇게 날씨에 따라 왔다 갔다 하는 매 순간에 마음속 평온함이 깨지는 것도 지쳤다. 이렇게 내 뜻대로 할 수 있는 것 하나 없는 하루라니, 인생이라니. 쓸쓸함이 가득한 퇴근길이었다.

어쩌면 앞으로 남은 날들은 이런 하루의 연속이지 않을까. 노력조차 할 수 없는 수많은 상황들이 나를 기다리고 있을 것 같아 겁이 났다. 노력해서 달라지는 건, 학교 다니면서 봤던 수많은 시험들과 취업 시험이 마지막이었는지도 모른다. 이제부터 배워야 할 건 내 힘으로 할 수 있는 일과 없는 일을 구분하는 법이 아닐까. 눈이 오면 그냥 눈이 온다고, 있는 그대로 인정하는 법 말이다.

쉬면 불안해요

쉬면 불안했다. 언제부터인지 기억은 잘 나지 않지만, 수험생 때는 확실히 그랬다. 아무리 공부할 게 많았다지만 1년에 네다섯 권씩 썼던 다이어리가 증명한다. 스케줄러, 스터디플래너, 독후감, 일기장 등을 매일같이 쓰며 하루를 꽉 채우고 싶어 했다. 심지어 그 많은 다이어리를 완벽히 정리하려는 욕심도 있었다. 그 욕심은 지금도 여전한데 다이어리가 지저분해지는 게 싫어서 언제든 수정 가능한 핸드폰에 일정을 정리하다가 가장 마지막에야 아끼는 다이어리에 옮겨 적는다. 반듯하고, 공백 없이, 완벽하게.

돌아보면 20대는 시간을 쪼개기 바빴다. 한 시간이 30분이 되고 30분이 10분이 될 만큼. 이미 촘촘하게 짜둔 일정도 몇 번이고 수정하며 하루를 몰아쳤다. 촬영하러 이동하는 차 안에서도 밀린 통화를 하거나 노트북으로 작업하는 게 일상이었다. 택시를 타면 "기사님 최대한 빨리요"라고 입버릇처럼 말했다. 시선은 항상 초조하게 시계를 향한 채로.

숨 막히는 일정은 몸이 무너지면서 같이 무너졌다. 첫 신호는 다른 사람들이 눈치채지 못할 만큼 미약했다. 인터뷰 중간에 두통이 오면 순간 아무것도 들리지도 보이지도 않았다. 촬영을 겨우 끝내고 일어서면 방금 무슨 이야기를 했는지 기억이 나지 않았으니 나중에 녹화된 영상을 보며 다시 정리하느라 불필요한 야근이 반복됐다. 카메라 앞에서 멍해지는 순간도 많아졌다. 빨리 찍고 다음 촬영으로 넘어가야 한다는 마음과 달리 촬영하는 내내 왠지 모르게 힘이 없었다. 다른 사람들은 눈치채지 못했으니 뭐라고 하는 사람은 없었다. 그저 마음만큼 따라주지 않는 컨디션에 스스로 화가 났다. 계획한 대로 하루를 완벽히 해내지 못하는 나를 도저히 이해할 수가 없었다. '이대로는 안 되겠다'라는 생각에 찾은 병원에서 나는 스스로 놀랄 만큼 솔직한 이야기를 입 밖으로 꺼냈다.

"쉬면 불안해요."
"왜요?"
"멈춰 서면 다시 돌아오지 못할 것 같아서요."

한때 은둔형 청년을 기획취재 하면서 어느 은둔 청년의 집에 직접 찾아간 적이 있었다. 그는 우리나라에서 알아주는 명문 대학 출신이었다. 흔쾌히 그의 집에 취재진이 들어가도록 허락해 줄 만큼 마음의 여유도 있어 보였다. 그런데 막상 들어간 그의 집은 정말 의외의 모습이었다. 그가 하루 대부분을 보내는 그 공간은 마치 그가 그곳에서 보내는 시간의 양을 보여주듯 많은 것들로 꽉 차 있었다. 그것도 발 디딜 틈이 없을 만큼 무질서하게. 정리되지 않은 공간에 있는 게 불편하다는 걸 촬영하는 내내 티 내지 않으려 애썼던 기억이 아직도 생생하다. 그렇게 한 달 정도 은둔형 청년들을 만나 인터뷰하며 또 하나 놀란 건 이들이 은둔을 택한 이유가 정말 특별하지 않았다는 사실이다. 대부분 오랜 기간 취업이 되지 않아서 어쩌다 보니 집에만 있는 게 익숙해졌다고 말했다. 지극히 평범한 그들의 삶을 보고 들어서일까. 힘들다고 멈춰 서면 나 역시 집에 갇히고 말 것이라는 두려움에 휩싸였다.

이런 나의 이야기를 들은 의사 선생님은 다시 물었다.

"완전한 회복을 위해 얼마만큼의 시간이 필요하다고 생각하는데요?"

그날 나는 한 번도 고민해본 적 없는 질문을 가지고 집에 돌아와 생각했다.

'어떻게든 스케줄을 조정해 하루만 쉬면 될까? 너무 짧은가? 3일? 1주일이면 되려나?' 의사도 답을 모르는 질문을 혼자 고민하다 스스로 임시방편을 처방했다. 내가 내린 솔루션은 '일상에 절전모드 켜기'였다. '멈춰 설 자신은 없으니 일단 에너지를 아껴보자!' 하는 생각으로 말이다.

우선 집에 와서 습관적으로 켜던 노트북부터 이별하기로 했다. 정말 급한 일이 아니면 내일 해도 된다고 마음을 다독였다. 언제 어디서나 습관적으로 찾아보고 있는 뉴스도 보지 않으려고 노력했다. 순간순간 불안함이 올라왔지만 지금 당장 확인하지 않는다고 세상이 무너지는 뉴스가 아니라고 되뇌었다. 그렇게 조금씩 퇴근 후의 시간부터 힘을 뺐다. 제법 적응한 후에는 출근길을, 그다음에는 점심시간을 비워나갔다.

주말에도 이틀 중 하루는 꼭 비우려고 노력했다. 빈 하루에는 느지막이 늦잠을 자고 일어나 그냥 하고 싶은 걸 했다. 혼자서 서점에 가 아무 생각 없이 책장을 넘기기도 하고, 보고 싶은 영화가 생기면 망설임 없이 영화관을 향했다. 정말 아무것도 하고 싶지 않은 날에는 그냥 집에 가만히 있었다. 사실 실감이 잘 나지 않았다. 이렇게 가만히 있는 날들도, 맘 편히 걸어본 적 없던 날들도.

너무 다른 두 시공간 사이에서 스스로에게 물었다.
'빈자리가 허전하진 않아?'

마음은 아무 답도 하지 않았다. 쉴 새 없이 달려온 시간에 대한 억울함과 스스로를 향한 미안함이 다 씻겨 내려갈 때까지 아무 말도 하고 싶지 않다는 듯이. 늘 조금이라도 쉬면 피어나는 불안함에 쫓겨 제대로 봐주지 못했던 나의 마음이 그제야 보였다. 잔뜩 지치다 못해 어쩐지 스스로에게 토라진 것 같은 내가 눈에 들어오기 시작했다. 그 마음을 달래기 위해서라도 쉬는 연습을 해봐야 할 것 같았다. '내 눈에만' 완벽하지 못한 것 같은 부족한 나의 하루를 이제는 좀 안아줘야 할 것 같았다.

사실은 아무것도 아닌 일

답답할 때면 습관적으로 그네를 찾는다. 한강공원보다 덜 북적이는 선유도공원은 내가 사랑하는 사색의 공간이다.

내 인생 첫 그네는 어릴 적 아빠가 방문에 달아준 그네였다. 방 문지방에 달린 그네는 꼬마의 발끝이 땅에서 겨우 떨어질 만큼의 높이였다. 그 낮은 높이의 그네에 아이를 태우면서도 엄마 아빠는 노심초사했을 거다. 나 역시 땅에서 처음 발끝이 떨어지는 순간이 무서워 겁을 먹었다. 하지만 엄마, 아빠가 지켜보고 있다는 사실에 안도했는지 용기 내 그네에 올랐다. 양옆에 있는 줄을 꼭 쥐고 발을 몇 번 휘적인 나는 그네가 재밌다는 걸 깨달았다. 그렇게 그네에 재미를 붙인 뒤로는 커가는 내내 그네 타기가 제일 좋았다.

어릴 적부터 나는 높은 곳에 올라가는 일에 거리낌이 없었다. 상공

70미터, 아파트 25층의 높이를 3초 만에 떨어진다는 놀이기구도 겁 없이 타겠다고 나섰다. 여행을 가면 관광 욕심은 없어도 높은 곳에 있는 명소는 꼭 한 번씩 들러보려 했다. 포항에 갔을 때는 계단을 따라 쭉 올라가는 스페이스워크에 올라 바다 풍경을 마음껏 즐겼다. 높은 곳에서 한눈에 바다와 하늘을 멍하니 내려다보던 순간이 아직도 잊히지 않는다.

높은 곳은 밤에 올라가면 더 좋다. 야경을 덤으로 볼 수 있기 때문이다. 방콕을 갔을 때도 딱 하나, 야경을 욕심냈다. 귀가 먹먹해질 만큼 엘리베이터를 타고 높이 올라간 호텔 꼭대기에서 아래를 내려다보면 수많은 불빛이 기다리고 있다. 작게 반짝이는 불빛들이 모여 만들어내는 시티뷰 야경은 한국이든 태국이든 언제나 숨 막히게 예쁘다. 핸드폰도 잘 터지지 않을 만큼의 높이에서 멍하니 풍경에 압도된 채로 있으면 세차게 불어오는 바람이 나를 다독인다.

나를 향해 달려오는 것들이 너무 버거울 땐 한 발 떨어져서 바라보자. 고작 한 뼘 높이의 흔들의자도 좋고, 밤이면 텅 비는 놀이터의 주인 없는 그네도 좋다. 거리를 두면 태산 같았던 일도 조금 작아 보인다. 한 발짝 한 발짝 멀어질수록 사실 별것 아닌 일이다. 그러니 너무 애쓰지 말자. 그 작은 일 하나하나에 마음을 쓰기에 당신은 귀한 사람이다.

'이만큼 위에서 보면 아무것도 아닌 일들이다. 그러니 저 밑에서 벌어

지는 일들에 너무 마음 쓰지 말자.'

결국 인생은 저글링

한창 야위어가던 시절이 있었다. 보는 사람마다 무슨 일 있냐고 물을 만큼. 워낙 속얘기를 안 하는지라 대부분 어색한 미소로 웃어넘겼다. 그러다 가끔 마음을 터놓는 선배를 만나는 날이면 조용히 못다 한 이야기를 꺼내놓고는 했다.

나의 1년 차, 병아리 시절부터 보아온 그는 오랜만에 만났어도 귀신같이 알아챘다. 내가 무언가를 숨기고 있다는 걸. 밥을 다 먹을 때쯤 그는 물었고, 나는 머뭇거리다 답했다. 깨진 신뢰, 무너진 관계, 그리고 텅 빈 머릿속과 함께 방향을 잃어버렸다고.

선배는 다시 물었다.
"어떻게 해야 하는지 이미 알고 있으면서 망설이는 이유는?"
"믿어보고 싶어서."

"뭘 믿고 싶은 건데? 믿는다고 달라져?"

"아니, 그렇지만 시간은 벌 수 있잖아. 굳이 지금 그 문제까지 건들지 않아도 현실은 너무 벅차."

사실 대부분의 문제가 그렇다. 그 하나만 보면 대단한 일이 아닌데 비슷한 문제들이 하나하나 모인 현실은 제법 벅차다. 그러니 꼭 급한 문제가 아니라면 굳이 지금 당장 신경 쓰고 싶지 않아 외면한다. 꽤 많은 순간 나는 차근차근 해결한다는 핑계로 많은 것들을 모른 척했다. 신뢰가 깨진 관계도, 정리해야 하는 일들도 굳이 지금이 아니어도 된다는 합리화를 하며 미루고 미뤘다. 그 시간 동안 내가 야위어가는지도 모른 채.

한적한 겨울 거리, 추위를 피해 사람들이 떠난 허전한 골목길을 걸으며 선배는 말했다.

"결국에 인생은 저글링 같은 거야. 완벽히 뭐하나 정리할 수 없는."

그 말을 듣는 순간 신기하게도 마음이 편해졌다. 그리고 인정할 수밖에 없었다. 모든 일에 매듭을 지으려 하는 건 내 욕심이라는 걸. 미룬다고 해결될 일이 아니라는 걸 알고 있으면서도 상처를 직면하기 무서워 피하고 있었다. 깨진 신뢰에 상처받는 그저 평범한 사람에 불과하면서 자존심 뒤에 숨어 아무렇지 않은 척했다. 그래, 나 역시 별반 다르지 않았다. 사랑과 이별이 안기는 감정은 누구에게나 다 비슷하니까.

노트북의 무게

출근길 지하철을 문득 둘러보면 신기하다고 느낄 때가 있다.

'분명히 이 이른 아침에 단정한 복장으로 지하철을 타는 건 어딘가로 출근하는 직장인이라는 뜻인데 어떻게 가방도 없이 가지?'

두 손 가볍게 핸드폰만 들고 지하철에 오르는 사람들을 보면 머릿속 엔 항상 궁금증이 피어올랐다.

집 밖을 나서는 내 어깨는 항상 무거웠다. 어딜 가나 노트북을 빼놓 을 수 없었으니 기자 생활 내내 가방은 항상 커야 했다. 노트북이 들어 갈 만한 백팩이나 최소 숄더백 정도의 크기들. 노트북을 따라 가방에 같이 챙겨야 하는 것들도 많았다. 충전기에 마우스에 혹시 현장에서 스 탠바이가 길어질지 모르니 두꺼운 보조배터리와 이어폰까지. 화장품 같은 건 빼더라도 이미 가방은 두 어깨를 묵직하게 짓눌렀다.

가방의 무게는 출근길보다 퇴근길에 유난히 더 무거웠다. 특히나 집에 바로 가지 못하고 저녁 약속이 있는 날에는 더더욱.

어느 가을, 소개를 받은 사람과 퇴근 후 처음 만나기로 한 날이었다. 약속 장소는 멀지 않았고, 몇 번 가본 적이 있는 제법 익숙한 이탈리안 식당이었다. 딱히 싫어하는 곳은 아니었지만 내 표정은 이미 가는 길부터 밝지 못했다. 온종일 쌓인 피곤의 무게가 입꼬리에 얹어진 것 같은 느낌이었다. 겨우 발걸음을 이끌고 들어간 식당, 멀끔한 얼굴의 그는 단정한 첫인상을 가진 사람이었다. 소개팅이 처음이라고 들어서 짐작은 했지만 역시나 꽤 어색해 보이던 그는 식사할수록 점점 긴장이 풀렸는지 내게 관심을 가지기 시작했다. 하지만 나의 입꼬리는 좀처럼 가벼워지지 않았다. 마치 나의 얼마 안 남은 기운을 그가 가져가듯 그의 목소리는 점점 커지며 말이 많아졌고, 반대로 나는 점점 말이 없어졌다.

밥을 다 먹을 때쯤 그는 갑자기 말했다.
"청계천 걸을래요?"
순간 '헉'하는 소리가 입 밖으로 튀어나올 뻔했다. 주선자의 얼굴을 떠올리며 겨우 고개를 끄덕였지만 정말 울고 싶었다.

추위를 많이 타는 내게 초가을의 밤바람은 선선함을 넘어 차갑게만 느껴졌다. 청계천은 물이 있어서 바람이 더 차가운 건지 한기가 뼈 사이를 금세 파고들었다. 어깨가 움츠러드는 만큼 가방끈은 어깨를 더 강하게 짓눌렀다. 초면이니 무겁다는 티도 못 내고, 무거운 가방을 대신 들어달라는 말은 더더욱 못한 채로 '이제 그만 집에 갈까요?'라는 말만 기다렸다. 입꼬리와 어깨를 짓누르는 세상의 무게에 치여 바로 옆에서 걷는 이의 표정은 눈에 들어오지 않았다. 걷는 내내 그가 무슨 말을 하는지도 기억이 안 났다. 빈손으로 가볍게 청계천을 거니는 그의 옆에서 내가 짊어지는 현실의 무게는 괜스레 더 무겁게만 느껴졌다.

겨우 헤어지고 탄 지하철, 그제야 느껴지는 열차의 온기에 움츠러들었던 어깨가 펴졌다. 뻐근한 근육이 '제발 가방 좀 어디 내려놔!' 하고 외치는 게 느껴졌지만, 열차에는 앉을 곳 하나 없었다. 겨우 열차 기둥에 기댄 내 몸은 생기라곤 하나 없이 축 처졌다. 노트북 무게도 견디기 벅찬 내게 사랑이 들어올 자린 없었다. 무섭기도 했다. 이렇게 견디기 벅찬 하루하루를 살다가 평생 혼자가 되는 건 아닐까.

다시 혼자가 된 집에서 조용히 일기장에 끄적였다.
'이만큼 무거운 무게를 짊어진 날도 혼자서 잘 견뎠으니까, 내일도 잘할 수 있어.'
하지만 차마 일기장에도 적지 못한 진심은 사실 '언젠가는 노트북 무게까지도 솔직하게 털어놓을 수 있는, 온전히 내 모습 그대로 마주할 수 있는, 그런 사랑이 찾아오게 해주세요'였다.

누나바라기

"누나, 같은 생활관 쓰는 애들 중에 생일 있으면 쪼그만 케이크 하나씩 주는데. 우리 생활관에는 이번 달에 생일인 애가 한 명도 없어서 케이크 한 입도 못 먹었어. 나 케이크 먹고 싶어."

퇴근길 걸려온 동생의 전화. 시무룩한 동생의 목소리에 순간 나는 서울 시내 호텔에 파는 케이크를 다 쓸어 담아 갖다주고 싶을 만큼 화가 났다. '아니! 한참 클 애들을 모아놓고! 케이크를 그 코딱지만 한 걸 준단 말야? 그것도 하나씩 다 주는 것도 아니고?' 화가 나도 단단히 났던 나는 동생 휴가에 맞춰 비장한 표정으로 케이크 전문점을 찾아갔다. 그리고 난생처음으로 '여기부터 여기까지 다 주세요'를 시전했다. 당황한 직원이 "이걸 다요?"라고 되물었지만 나는 원하는 대로 마음껏 먹게 해주겠다는 단호함과 함께 "네"라고 짧게 답했다.

또래보다 비교적 월급은 빨리 받았지만 돈에는 큰 관심이 없던 내게, 동생은 내가 돈 버는 거의 유일한 이유였다. 겨우 세 살 차이밖에 안 났지만 내게는 늘 아이 같았다. 맞벌이를 하던 부모님 밑에서 크느라 유치원이 끝나면 내가 손잡고 집에 데리고 와서 그랬을까. 누나를 유독 좋아해서 아프면 베개를 끌고 한밤중에도 내 방을 찾아왔던 동생이어서 그랬을까. 지금은 키도 180센티미터에 달하고 나보다 어깨도 훨씬 넓은 동생이지만, 내게는 여전히 태어나자마자 아파서 병원 신세를 져야 했던 연약한 존재로 기억되고 있나 보다. 어쨌든 이 많은 이유들이 하나씩 더해지고 더해져 어릴 적부터 해줄 수 있는 건 다 해주고 싶었고, 어디 가서든 기죽지 않았으면 했다.

어릴 때는 내가 힘이 없었으니 아빠의 힘을 빌려서라도 동생 지키기에 앞장섰다. 놀이터에서 놀던 동생이 다른 아이의 자전거를 부러워하는 날이면 퇴근한 아빠가 집에 들어오자마자 "우리도 자전거 사러 가야해"하며 아빠를 끌고 나갔다. 정작 나는 자전거를 별로 좋아하지도 않았으면서.

지금 생각해보면 별것 아닌데 어릴 적에는 그렇게 화가 났던 자전거처럼, 나이가 들어도 늘 사소한 것들이 화가 났다. 특히 내가 입사할 때쯤 동생이 군대에 입대하며 사소한 것들은 괜히 더 서글퍼졌다. 가령 딸기잼 주문을 잘못 넣었다며 동생이 전화로 일주일 가까이 딸기잼 타령을 할 때는 '그놈의 딸기잼 뭐 얼마나 한다고! 밖에 나오면 애들 다 별로 먹지도 않는데. 그게 뭐라고 애를 이렇게 들들 볶아!' 하고 생각했다. 어차피 너무 바빠서 받는 월급은 쓸 시간도 없던 때라, 그때는 차라리 돈으로 해결할 수 있는 문제면 좋겠다 싶었다.

별거 아닌 일에도 유난히 아픈 이 마음은 아무래도 함께 해주지 못한 시간에 대한 미안함 때문인 듯하다. 한창 동생이 사춘기일 때는 내가 기숙사에서 고등학교를 다니느라 우리는 정말 얼굴 볼 시간이 없었다. 싸우고 울고 할 시간조차 없었으니 사이는 좋았지만, 그만큼 평생의 좋은 친구였던 누나를 동생이 혼자서 많이 기다렸을 거라는 걸 안다. 동생이 훈련소에 입대하던 날은 내가 대학교 중간고사였던가. 빠질 수 없는 시험이 있어 논산까지 가지 못했다. 동생이 제대한 뒤에는 직장 생활에 치여 힘겨워하기 바빴으니 요즘은 어떤지 들여다볼 틈이 없었다. 그렇게 살아가기 바쁜 날들 속에서 놓쳐버린 순간은 너무나 많았다.

그러던 어느 날, 자려고 누웠는데 핸드폰이 울렸다. 전화를 받자 동생이 술기운이 도는 목소리로 말했다.

"어릴 때부터 우리 누나 이름 대면 사람들이 다 알아서, 그 정도로 우리 누나 똑똑하고 잘났으니까. 나는 옛날부터 그게 좋았어."

순간 너무 놀란 나는 아무 말도 못 하고 그냥 듣기만 했다.
'너보다 돈이 중요했던 게 아닌데. 너보다 내 꿈이 소중했던 게 아닌

데. 누나가 미안해.'

전하지 못한 변명이 입안에서 맴돌았다. 잘난 누나보다 친구 같은 누
나가 그리웠을 동생이 그날은 숨겼던 그리움을 툭 꺼내놓은 것 같아서.
나도 목이 멨다.

80점짜리 딸

설 연휴가 끝나갈 무렵, 식사 자리에서 아빠는 물었다.

"올해 인생 계획은 뭐야?"

아빠는 늘 내게 다음을 묻는다. 한 달에 한 번 갈까 말까 한 본가에서의 흔하지 않은 식사 자리였음에도 빨리 일어나고 싶어졌다. 좋은 의도가 담긴 질문이라는 걸 알지만 당장 내일의 계획도 생각하기 싫을 만큼 나는 너무 피곤했고, 더 이상 아무 얘기도 하고 싶지 않았다.

엄마의 말에 의하면 딸바보인 아빠는 내 출생신고를 하던 날, 등본을 품에 꼭 안은 채 집에 돌아왔다고 한다. 그날 아빠의 얼굴은 세상을 다 가진 듯 행복한 얼굴이었다고 했다. 내가 할 줄 아는 건 아무것도 없던 갓난아기 시절부터 아빠는 딸을 세상 예뻐했다. 엄마처럼 잔소리도 하지 않았고, 화내는 일도 없었다. 그런 아빠랑 노는 게 좋았던 난 아침마다 현관에서 출근하려는 아빠의 바짓가랑이를 잡고 늘어졌다. 보다 못한 엄마가 사과 박스에 넣어서 데려가라고 할 정도로. 아빠가 퇴근하고 오면 거실에 있는 펭귄 쓰레기통에 퇴근한 아빠의 양말을 벗겨 갖다넣었다. 내가 예뻐하는 펭귄 쓰레기통에 밥을 주고 싶었던 건지, 아빠가내일 또 출근하는 게 싫어서 양말을 감추고 싶었는지는 잘 모르겠지만.어쨌든 아빠는 늘 한 발짝 옆에 있었다. 처음 그네를 탈 때도, 두발자전거를 타는 법을 배울 때도, 인라인스케이트를 배울 때도. 언제나 해달라는 건 다 해주는 100점짜리 아빠였다.

엄마랑 아빠는 그렇게 애지중지 키운 딸이 기자가 되길 단 한순간도바란 적이 없었다. 그저 안정적인 직업을 가지고, 그다지 힘들지 않은직장 생활을 하면서, 적당한 때가 되면 결혼을 하고 아이를 낳아 행복한 가정을 꾸리고 살길 바랐다. 좀 더 구체적으로 말하자면 엄마는 하고 싶은 공부를 마음껏 할 수 있는 교수가 되길 바랐고, 아빠는 공무원을 시키고 싶어 했다. 어느 쪽이든 기자와는 거리가 멀었다.

그 바람이 사랑이라는 걸 알았다. 그 마음이 모두 나를 위한 것이라는 것도 알았다. 그래서 미안했다. 학교 다닐 때는 무조건적인 사랑에100점짜리 성적표로 보답해야 할 것 같아 열심히 공부해도, 채점이 끝나고 받아든 시험지에 틀린 문제가 보이면 속이 상했다. 아빠는 100점이 아닌 이유를 물으며 더 필요한 게 없냐 물었고, 나는 그게 또 미안해말이 없어졌다. 대학생이 되어서도 별반 다르지 않았다. A가 대다수인학점도 만점이 아니니 마음에 차지 않았다. 전공으로 택한 언론학도, 아나운서 준비도, 전부 다 아빠 마음에 들지 않는다는 걸 눈치채고 있었으니 힘들어도 아무런 티를 내지 못했다.

취업 준비가 너무 고된 날, 결과 발표를 앞두고 불안이 극에 달한 날에는 더더욱 말을 아꼈다. 이런 딸을 아빠는 너무 잘 알았던 건지 늘 전화로 아무렇지 않게 물었다.
"저녁 먹었어?"
"응, 대충."

내 대답은 항상 짤막한 단답형이었다. 몇 분 안 되는 통화에서도 나의 긴장과 불안을 감추기 바빴다. 그 불안정한 마음은 어떤 날에는 '보란 듯이 합격해 이 길에 재능이 있었다고 증명하고 말겠어' 하는 승부욕으로, 어떤 날에는 '내 선택이 맞아!' 하는 고집의 탈을 쓰고 나타났다. 변하지 않았던 건, 아무리 열심히 살아도 엄마랑 아빠의 바람과 자꾸만 반대의 길로 걸어가는 나의 삶이 80점밖에 안되는 것 같은 종잡을 수 없는 우울함이었다.

설사 나의 삶이 정말 80점밖에 되지 않는다 해도, 보이기에 100점처럼 보이고 싶었다. 내 선택이 틀리지 않았다는 걸 증명하고픈 마음에 힘든 날에도 차오르는 감정을 꾹꾹 눌렀다. 행복한 모습만, 웃는 얼굴만 보여주고 싶었다. 기사 하나하나를 내보낼 때마다 집에서 보기에 부족함이 없었으면 했다. 그래, 나는 여전히 엄마 아빠 인정이 제일 받고 싶은 어린아이에 불과했다.

이 마음이 읽혔던 건지 엄마는 말한다.
"딸, 집에 올 때는 아무것도 없어도 되는 거야."
아빠도 말한다.
"인생이 얼마나 긴데, 40대도 청년이야. 그리고 아빠도 스물아홉 살
에는 힘들었어."
들키고 싶지 않아 혼자서 낑낑댄 시간이 부모의 눈에는 보이나 보다.
나도 엄마가 되면 이렇게 뜻대로 흘러가지 않는 자식의 삶도 온전히 끌
어안아 줄 수 있으려나.

예쁘게 안녕, 다시 쓰는 나의 20대

온전히 사랑하지 못했던 날들

'그러니까, 나 합격이야?'

수업이 끝나고 학교를 걸어 나가다 전화를 받은 그날의 나는 너무 얼떨떨해서 후문 앞에 멈춰 섰다.

이제 와 하는 얘기지만 이력서를 쓴 건 정말 '아무 생각 없이'였다. 수업 시간에 교수님이 '한번 지원해보는 게 어때?'라고 말씀하신 걸 흘려들었다가 어느 날 밤 갑자기 생각이 났다. 그날따라 스터디도 일찍 끝났고, 숙제도 일찍 끝났고, 마침 잠도 안 왔다. 그렇게 할 일 없이 노트북 앞에 앉아 있던 나는 '에이, 서류나 내보자'하는 마음으로 제출 버튼을 눌렀다. 그것도 접수 마감을 30분 남기고. 그랬던 시험에 합격이라니. 그 버튼 한 번의 나비효과는 내게 사원증이라는 어색하고도 신기한 선물을 안겨주었지만 반대로 앗아간 것도 있었다.

포기한 가장 첫 번째는 바로 '학교'였다. 대학교를 참 좋아했었다. 제일 가고 싶었던 대학교, 학과에 다녔기에 수업도 재밌었고 드넓은 잔디밭이 있는 공간도 정말 사랑했다. 휴학 한 번 하지 않고 학교에 다닌 이유는 정말 '재밌어서'였다. 그만큼 좋아했던 학교였으니, 합격 소식을 전하는 전화를 끊자마자 가장 처음 든 생각도 '그럼 학교는? 이제 못 와?'였다. 갑자기 아끼던 사탕을 빼앗긴 것 같은 공허함이 순식간에 마음을 채웠다. 예고 없이 찾아온 합격 소식이었기에 정든 학교와 충분히 안녕할 시간은 없었다. 출근까지 주어진 2주 남짓의 시간은 각종 입사 서류를 준비하고 교수님들께 일일이 찾아가 상황을 설명하기 바빴던 걸로 기억한다.

그렇게 스물셋의 어느 날, 정말 어쩌다 시작된 상암동 라이프. 겨울의 문턱답게 입사 초창기는 유독 마음이 외로웠다. 일은 바쁜데 모르는 사람들만 한가득이니. 사무실에서도, 스튜디오에서도 눈을 데굴데굴 굴리기 바빴다. 분명 예쁨은 많이 받았다. 키는 174센티미터인데 얼굴은 아직 앳되었으니 선배들은 나를 '자이언트 베이비'라고 불렀다. 가끔 스튜디오에 올라가면 PD 선배들이 사탕을 한 움큼 주며 "막내 이거 먹어"라고 할 만큼 완벽하게 막내였다. 하지만 그런 애정 속에서도 친구가 그리웠다. 어쩌다 회사 간부들이랑 엘리베이터를 탄 날, 어느 부장이 "상암동 생활은 어때?"라고 가볍게 물은 말에 나도 모르게 "유배 온 것 같아요"라고 답할 만큼. 같이 엘리베이터 안에 탔던 어른들은 나 빼고 한바탕 웃었지만 난 정말 진심으로 한 말이었다.

그래서 빨리 서른이 되고 싶었다. 그 나이쯤이 되면 쉽게 마음이 동요하지도, 그러니 쉽게 상처받지도, 쉽게 울지도 않을 것 같았다. 아직은 뭔가 어색해 보이는 화장과 정장도 그 나이쯤 되면 잘 어울릴 것 같았다. 친구 없이 외로운 사회생활도 그때쯤이 되면 비슷한 나이의 동료들이 생겨 재밌으리라 생각했다. 어딜 가나 항상 제일 어렸던 20대의 나는 늘 '어른스러움'을 동경했다. 그래서였을까. 누가 시킨 것도 아닌데 많은 것을 포기했다. 내가 만들어낸 '어른'을 닮기 위해서. 그리고 온전히 사랑하지 못했다. 어려 보이는 나의 모든 것들이 그때는 그저 부끄러웠다.

출근을 시작하고 일을 배우기 바빴던 신입 시절, 졸업을 하기 위해선 짬이 나는 대로 전공 수업 PPT를 꺼낼 수밖에 없었다. 수업 출석은 못해도 시험은 전부 다 응시해야 이수를 할 수 있었으니 어떻게든 시험은 봐야 했다. 그렇다고 집에 가서 공부하기엔 정말 쪽잠 잘 시간밖에 없었으니 주변 눈치를 보며 몰래 공부하기 바빴다. 누군가는 커피 한잔을 하며 못다 한 이야기를 나누고, 누군가는 무거운 눈꺼풀을 잠깐 쉬게 하고, 누군가는 못다 한 일을 하느라 조용히 키보드를 두드리는 점심시간. 혼자서 조용히 미디어 철학을 외우는 스스로가 괜히 더 어리숙해 보여 싫었다. 그렇게 외우기 바빴던 이론들에 치여 내가 사랑했던 학교의 의미는 점차 흐릿해져 갔다. 좋아했던 학교는 어느새 내게 빨리 해치워야 하는 짐이 되어 있었다.

회사의 배려로 겨우 갈 수 있었던 2월의 졸업식도 그다지 행복하진 않았다. 제대로 학교를 마무리하지 못한 아쉬움도 있었겠지만, 무엇보다 마음이 너무 급했다. 바로 다음 날도 새벽에 또 나가봐야 했으니 얼른 마무리하고 집에 가서 조금이라도 자고 싶었다. 학교를 둘러보며 사진 찍기 바쁜 선배들 틈에서 동기 하나 없이 혼자 졸업했으니 괜히 외로워지고 싶지 않아 빨리 떠나고 싶은 마음도 컸다. 4년을 열심히 달려온 증표로 단상에 올라 상장을 받았지만, 그 순간에도 끊임없이 쏟아지고 있던 뉴스에 치여 기쁨은 금세 증발해버렸다.

그렇게 학교를 떠나 새 터전이 된 회사에선 아무리 시간을 쪼개며 살아도 뛰어다니기 바빴다. 치열한 현실 앞에 순간순간 차오르는 감정은 뒷전이었다. 어쩌면 충분히 그 자체로 빛났을 내 20대의 시간을 있는 그대로 충분히 바라봐주지도 못했다. 훗날 내 나이답게 못 산 시간을 억울해할 줄은 꿈에도 모르고, 막상 떠올리려 했을 땐 기억도 잘 나지 않았다. 온전히 사랑하지 못했으니, 남긴 흔적도 없었다.

이렇게 빨리 달리면 그만큼의 대가를 치러야 할 텐데 괜찮겠냐고, 분명 언젠가 시간이 내게 물었던 것 같은데, 그때는 몰랐다. 많은 걸 얻은 만큼 지나친 시간에 누렸을 소소한 행복도, 너무 빨리 소진된 체력도, 어느 순간 사라져 버린 여유도 청구서에 담겨 돌아온다는 걸.

'다시 돌아간다면 어리숙한 모습도 더 많이 사랑해줄 수 있을 텐데'

하는 아쉬움이 20대 끝자락에서야 찾아왔다. 다가오는 30대의 시간은
더 많이 사랑해줘야겠다. 같은 후회를 반복하지 않도록.

Did you disregard it?

아직 커피 한 잔도 마시지 못해 뇌가 깨어나기 전인 이른 아침 영어 회화 수업 시간, 선생님은 물었다.

"지금껏 살아오면서 후회되는 순간이 있나요?"

쉽게 답하지 못하던 나는 아침 7시부터 갑자기 목이 메어 왔다. 선생님은 그냥 넘어가도록 봐주지 않겠다는 눈으로 내게 한참 동안 시선을 고정했고, 나는 겨우 답했다.

"최선을 다해 사랑한 시간은 후회하지 않는데, 더 빨리 내려놓지 못한 건 후회가 되네요."

그 순간은 지나간 시간을 후회하지 않으려 온몸에 힘을 가득 주고 살았던 내가 타인 앞에서 후회를 인정한 첫 순간이었다.

여름의 초입이었던 그날, 아주 오랜만에 그토록 잊고 싶었던 크리스마스의 기억을 떠올렸다. 티 내지 않지만 사실 나는 크리스마스를 무서워한다. 모두가 행복해하는, 나도 그럴 것이라고 믿어 의심치 않았던 그날 내 믿음은 산산조각 났으니까. 일기예보에 없던 소나기처럼, 상처는 어떤 시그널도 없이 갑자기 나를 할퀴었다.

그는 부서진 믿음처럼 우리의 관계도 끊어질까 무서웠는지 내게 부랴부랴 이유를 설명했다. 미안하다며 한참을 우는 그를 나는 그저 멍하니 바라봤다. 그가 늘어놓는 사정들은 내 머리로는 하나도 이해가 되지 않았다. 아무리 노력해도 이해가 되지 않는 것들을 한 번에 다 소화할 자신은 도무지 없어서, 그날의 나는 그냥 아무 말 없이 차에서 내렸다.

순식간에 겨울로 짧은 순간이동을 하고 온 나는 차오르는 눈물을 참으며 말을 이어갔다.
"이해가 안 되면 그냥 이해를 안 하면 되는 거였는데. 내가 만들어낸 정체 모를 어른스러움에 나를 맞춰 넣느라 제 스스로가 다치는 건 몰라줬어요."

상처라곤 전혀 없어 보이는 밝은 성격 때문일까. 아니면 이른 아침부터 이만큼 솔직한 답을 할 줄은 몰랐던 걸까. 그것도 아니면 내가 이만큼의 답변을 영어로 했다는 것에 선생님으로서 놀라웠던 걸까. 이유는 정확히 모르겠지만 동그래진 눈으로 나를 바라보던 선생님은 물었다.

"Did you disregard it?"
"Disregard?"

'Disregard'는 우리나라 말로 '무시하다'라는 뜻인데 나는 그가 왜 그 단어를 사용했는지 몰라 되물었다. 그 역시 다시 물었다. 너 스스로에게 주는 신호들을 무시했냐고. 나는 그제야 '괜찮아'라며 스스로를 다독인 행동이 타인의 객관적인 시선에서는 '무시하다'라는 단어를 사용할 만큼 폭력적일지도 모른다고 처음으로 생각했다. 그래, 내가 제일 못됐다. 나는 잔인하리만큼 내가 받은 상처와 모든 신호를 철저히 무시했다.

크리스마스가 지나면 지난 한참 동안 우리를 설레게 했던 트리와 산타가 시시해져 보이는 것처럼, 그날 있었던 사건은 자고 일어난 다음 날부터 시시해져 가는 듯했다. 내 일상엔 엄청난 변화는 없었고, 그저 휴일이 끝났으니 어김없이 출근을 했다. 언제나 그랬듯 출근길에 따뜻한 커피 한 잔을 사서 노트북 앞에 앉았다. 그냥 내 기분이 조금 다운됐다는 것, 기사 쓸 거리가 잘 생각이 안 난다는 것 말고는 달라진 건 없었다. 내 우울은 미약했고, 그렇게 한동안 웃음이 없었을 뿐이다. 굳이 변화를 찾자면 그랬다는 거다. 그렇게 크리스마스에 있었던 그 일은 내게는 누가 굳이 묻지 않으면 떠올릴 필요가 없는 하나의 해프닝이 되어갔다. 그는 내 눈치를 살피며 평소보다 더 내가 좋아하는 것들을 챙겨주려고 노력했고, 나는 그의 성의에 고맙다는 인사와 웃는 얼굴로 답하려 애썼다. 우리 사이의 변화는 '굳이 찾지 않으면' 없었다.

고의로 준 상처가 아니었으니 이해하고 넘겨야 한다는 '포용'을 위한 노력. 어느 연인이나 부딪히고 다투는 일은 다 있다는 '평범'에 대한 동경. 적어도 길에서 언성을 높이며 싸우는 사람들보다 우리는 차분하고 침착하다는 '우월함'. 엄마 아빠가 하루가 멀다 하고 재촉하는 결혼에 대한 '기대'까지. 온갖 그럴듯한 가치가 머릿속을 채웠다. 그때의 나에게 결혼은 그동안 해온 공부와 일처럼, 집안의 기대와 사회가 규정한 나름의 의무를 맞추기 위해 그냥 최선을 다해 해야만 하는 숙제였다. 하지만 안타깝게도 그 묵직한 숙제를 해결하기에 나의 그릇은 그렇게 크지 못했다. 그러니 필사적인 노력을 해서라도 모든 걸 끌어안을 줄 아는 어른이 되어야 한다고 생각했다.

눈물은 몇 달 뒤 정말 의외의 날에 터져 나왔다. 그날은 친한 언니랑 저녁을 먹기로 해서 온종일 기분이 좋은 날이었다. 빨리 일을 끝내고 언니를 만나 그동안 못다 한 이야기를 해야겠다는 생각에 기사 마감을 서둘렀다. 그렇게 한참 웃으며 수다를 떨다가 언니는 내게 말했다.

"효선아, 무서워하지 않아도 돼. 철저히 혼자가 되었을 때 네 곁에 좋은 사람이 다가와 줄 거야."

언니는 너에게 그런 상처를 준 나쁜 놈은 갖다버리라며 화를 내지도, 당장 헤어지라며 흥분하지도 않았다. 그냥 담담하게 말했다. 너 스스로 짊어지고 있는 그 무거운 짐 좀 내려놓으라고.

그제야 내 상처가 보였다. 내 우울은 미약했지만, 사실 나는 깨져버린 신뢰 사이로 피어난 '불안'이라는 감정에 휩싸여 하루하루 야위어가고 있었다. 사실 그가 하는 말은 그 무엇이든 한마디도 제대로 믿지 못하고 있으면서도, 그를 믿어야 한다는 강박에 휩싸여 그냥 다 외워버리려고 했다. 믿음은 진작 다 부서졌는데도 계속 아무 일도 없었던 것처럼 굴었다. 나만 이 상황을 무시하면 이별을 막을 수 있기라도 한 것처럼. 그리고 이 모든 노력은 사실, 관계를 포기했을 때 뒤따르는 '상실감'과 그동안 최선을 다했던 내 사랑이 '아무 가치 없는 것'으로 전락해버릴까 무서워 스스로에게 강요하고 있는 것들이었다. 아무도 내게 시킨 적도 없는데.

선생님은 그날 수업의 끝에 이렇게 말했다.
"Know who you are and what you want. You have to know yourself to know what you want in a partner. Love yourself, Cathy."

Love yourself, Love yourself, Love yourself.
수업을 마치고 나오며 마치 주문이라도 되는 양 몇 번이고 되새겼다.

어느 웃어야 하는 날에

　소란한 소음을 뒤로하고 대기실에 앉아 잔뜩 뭉친 다리를 주무르고 있던 시간, 잠깐 옆에 내려뒀던 휴대폰에 진동 소리가 들렸다. '지잉지잉' 아무 생각 없이 핸드폰을 집어 든 나는 딱 한 마디를 내뱉었다.

　"말도 안 돼"

　핸드폰에 부고 문자가 날아든 건 그렇게 아무런 예고도 없이 갑자기였다. 나는 마치 생각하는 법을 잊어버린 사람처럼 멍하니 있는 것밖에 할 수가 없었다. 그런 내 정신을 깨우기 위해 스태프가 저 멀리서 소리치며 대기실로 들어왔다.

　"다시 올라갈게요!"

　흔들리는 눈으로 고민하던 나는 핸드폰을 내려놓고 무대로 향했다. 기어코 무대 위로 발걸음을 옮기는 나 자신이 얼마나 싫었는지 모른다. 걸어가면서도 알았다. 이 순간을 아주 오래도록 후회할 것이라는걸.

우리는 내가 스무 살 때 처음 만났다. 세 살 터울의 언니는 내게는 늘 아낌없이 주는 나무 같았다. 학교 앞 카페에서 내가 좋아하는 케이크를 턱턱 사줄 때도 그랬고, 언니가 인턴 생활을 하던 회사 앞에 놀러 가면 밥을 사줄 때도 그랬다. 내 눈에 언니는 늘 친구 같으면서도 멋져 보여서 항상 3년 뒤에는 언니처럼 좋은 어른이 되었으면 좋겠다고 생각했다. 그만큼 언니가 좋았던 나는 20대의 언젠가 언니랑 길을 걷다가 "언니 결혼하면 축사는 내가 할 거야!"라고 말했고, 언니는 "너 운다~"라고 답하며 둘이 한참을 웃었다.

그렇게 늘 기대기만 해서 몰랐다. 언니 어머님이 투병 중이시라는 것도, 언니가 많이 힘들었을 거라는 사실도. 그냥 막연하게 언니가 가족에 대한 애정이 유난히 깊은 사람이라고만 생각했다.

마치 그동안의 힘든 시간을 몰라줬던 것을 벌 받기라도 하듯, 언니 어머님의 부고 소식은 내가 아무것도 할 수 없는 상황에 전해졌다. 그때는 한창 취업 준비로 바빴던 4학년의 몇 달을 할애해 준비해온 대회의 합숙 끝 무렵이었다. 원래도 힘들었던 합숙은 끝으로 갈수록 일정이 더 빡빡해져만 갔다. 마지막 무대만 남기고 모두가 예민해진 채 리허설이 계속됐다. 그때 내 나이 스물셋, 정신없는 와중에 난생처음으로 지인의 모친상 문자를 받아본 나는 무얼 해야 하는지도 몰랐다. 당장 가봐야 한다는 생각만 겨우 떠올렸지만 정해진 순서에 따라 무대에 계속 오르락내리락하는 와중에 자리를 비울 수는 없었다. 나는 어김없이 무대에 올라야 했고, 웃어야 했다.

　정말 이를 악물고 웃었다. 그러다 짤막한 휴식 시간이 주어지면 아무도 없는 복도로 숨어들어 세상 떠나가라 울었다. 눈물 잔뜩 묻은 손을 꼼지락거리며 못 가서 미안하다는 문자를 언니한테 겨우 보냈다. 어떻게든 진심을 담아보려 했지만, 핸드폰 화면에 떠 있는 내 답장은 세상 초라해 보였다. 언니는 그 순간에도 언제나 그랬듯 나를 달랬다.
　"지금 합숙 중이라 못 올 걸 알면서도 소식은 전해야 할 것 같았어. 괜찮아."

　그날 빨개진 눈은 강한 무대 조명에 덮였고, 눈물 자국은 덧칠한 진한 화장에 가려졌다. 반대로 내 죄책감은 시간이 아무리 흘러도 사라지지 않았다. 진심을 다해 울었어야 하는 순간은 어느 웃어야 하는 순간에 밀려 놓쳐버렸다. 언니와 함께 울어주지 못한 그날은, 스물셋 여름에 내가 사랑하는 이에게 진 가장 큰 빚으로 남았다.

　그렇게 버텼던 합숙의 끝, 나는 가장 받고 싶었던 스피치 상을 받았다. 트로피를 받아들고 기념 촬영을 하던 그 순간은 그 시절의 내가 가장 간절히 바랐던 순간이 분명했다. 그럼에도 나는 마음 편히 웃지 못했다. 양쪽 입꼬리에 나만 아는 묵직함이 느껴졌다. 아마 한쪽 입꼬리는 합숙 기간 내내 쌓인 피로가, 나머지 한쪽 입꼬리는 놓쳐버린 순간에 대한 죄책감이 짓눌렀던 듯하다.

스물셋 취업준비생 때는 그렇게 간절했던 트로피가 그해 겨울 입사를 하면서 금방 내 관심에서 밀려났다. 수상 내역을 적는 이력서를 더는 쓰지 않아서일까? 아니면 가지고 싶었던 걸 가졌으니 이제 시시해 보였던 걸까? 어쨌든 지금은 그때 받은 상장과 트로피가 어디에 있는지조차 잘 기억나지 않을 만큼 상의 존재감은 희미해졌다. 반대로 그 시절 생긴 마음의 빚은 직장 생활을 1년 2년 할수록 더 커져만 갔다. 누군가의 부고 소식을 접할 때면 그때 가지 못한 장례식이 같이 떠올랐다. 매년 여름이면 미안해하는 내게 언니는 늘 괜찮다고, 잊어도 된다고 했지만 나는 늘 생각하지 않을 수 없었다.

그해 놓쳐버린 시간은 아무리 바빠도 소중한 사람들을, 그들의 기쁨과 슬픔을 놓치지 않으려는 지금의 나를 만들었다. 메멘토모리, 늘 죽음을 기억하라는 말처럼 나는 가끔 생각한다. 오늘이 마지막이라면, 지금이 너와 나의 마지막 순간이라면 못다 한 말은 없을까. 하루의 끝에 일기를 쓰며 오늘도 돌아본다.

펜은 돈보다 약했다

"이거 마시면 50억 줄게."

그는 옆에 앉아 있던 내게 술잔을 건네며 말했다. 누가 봐도 명백한 무시가 예고 없이, 그것도 아주 당당하게 나를 향했다. 3초도 안 되는 찰나의 순간, 나는 당황했지만 눈물이 나거나 화가 나진 않았다. 그저 표정의 미동도 없이 잔을 받아들었다. 나를 지켜주는 이 하나 없던 그 공간에서, 나를 지키는 방패는 오직 수년간의 뉴스 경험이 만들어낸 무표정뿐이었다.

저녁 약속 장소까지 이동하면서도 쉴 새 없이 울렸던 전화, 식당 복도 귀퉁이에 쪼그려 앉아서야 겨우 확인했던 가편집본, 그 치열했던 하루의 끝에 잔을 가득 채운 술잔과 함께 내게 박힌 건 저 한마디였다. 이제 겨우 스물다섯을 넘어선 나는 그날 알아버렸다. 세상에 돈을 이길 수 있는 건 많지 않다는 걸. 아니, 어쩌면 그제야 안 건지도 모른다. 자라는 내내 돈이 아쉬운 적은 없었으니 알 기회가 없었다. 돈 앞에 얼마나 사람이 초라해질 수 있는지.

회사는 돈이 없었다. 내가 입사할 때부터 그랬던 건 아니지만 어느 순간부터 그렇게 변했다. 1년간 회사를 운영하는 데 얼마의 비용이 필요한지, 얼마나 돈이 부족한 상황인지는 자세히 몰랐지만, 선배들이 입을 모아 말했다. 회사에 돈이 없다고. 아직 회사를 몇 년 다니지도 않은 내게까지 이 말이 매일같이 들릴 정도였으니 정말로 없기는 없었나 보다.

그즈음, 회사가 필요한 돈은 50억 원쯤 되는 것 같았다. 누가 내게 직접적으로 50억 원을 벌어오라고 한 건 아니지만 사람들이 그렇게 수군댔고, 쏟아지는 기사들이 그렇게 말해주었다. 내 입으로 먼저 50억을 말하지 않았는데 술잔을 건네는 그도 한 잔 술에 50억을 불렀으니, 내가 속한 조직은 적어도 그만큼의 돈이 필요한 게 분명했다.

차라리 조금 눈치가 없었으면 좋았을걸. 나는 너무 잘 알았다. 그가 내민 술잔을 비운다 한들 50억 원을 주지 않을 것이란 사실을. 그런데도 마셨다. 지금 회사에 필요한 건 식당에 오는 길 끊임없이 전화로 확인한 취재 일정도, 복도 귀퉁이에 쪼그려 앉아서라도 완벽하게 만들고 싶었던 뉴스도 아닌, '돈'이었으니까. 정신없이 흘러온 하루와 수많은 회사 사람들의 얼굴이 순식간에 머릿속을 아프도록 채웠지만, 술과 함께 넘겨버렸다. 머리를 띵하게 울리는 두통을 어떻게든 참아보려고 애썼다. 아니, 사실은 술과 함께 사라져버린 자존심을 외면하기 위해 이를 악물었다. '이 정도 자존심을 버려야 해'라고 스스로 세뇌하면서.

나를 아끼는 사람들은 회사에 왜 그렇게까지 하냐고 나를 다그쳤다. 하지만 그 시절의 나는 회사를 참 좋아했다. 첫 직장이었고, 하고 싶은 일을 할 수 있는 터전이었다. 무엇보다 내 기사가 얼마짜리 기사인지 생각하지 않게 해줘서 좋았다. 회사의 보호 아래 어린 날의 나는 겁 없이 쓰고 싶은 기사를 다 썼다. 이번 달에 월급이 들어올까 괜한 걱정 한번한 적 없었다. 그저 열심히 하루를 사는 나를 어여삐하는 좋은 선배이자 어른도 있었다. 이만큼 받은 것들에 보답할 방법이 내 자존심을 버리는 거라면 할 수 있었다.

그리고 내가 제일 잘 알았다. 이 상황을 풀어갈 열쇠를 누가 쥐고 있는지, 그 열쇠를 쥔 사람들이 나를 어떤 눈으로 보고 있는지. 다행인지 불행인지 열쇠를 쥔 일명 '힘 있는 사람들'은 내게 적대감이 없었다. 나는 너무 어렸고, 세상 해맑은 저연차 기자에게 괜한 적의를 가지기엔 그들은 가진 게 많았다. 누군가와 돈 얘기를 하는데 상대가 내게 적대감이 없다는 건 엄청난 장점이었다. 특히 회사로선 굳이 각 잡고 자리를 마련하지 않아도 나를 통해 많은 것들을 전할 수 있으니 편했을 것이다. 내게는 반은 장점이고 반은 단점이었다. 겨우 그 나이 그 연차에 밖에 나가 돈을 벌어야 한다는 건 슬펐지만, 적어도 문전박대는 당하지 않았으니 다행이었다.

억울했다. 경제는 언제나 어렵고 어느 회사나 다 경영 위기인데 왜 내가 다니는 회사만 돈 없다는 사실이 자꾸 사람들 입에 오르내리는 걸까. 마치 추운 겨울의 성냥팔이 소녀를 동정하듯 나를 '소녀 가장'이라 칭하며 안쓰러워하는 사람들의 시선도 아팠다. 그리고 가장 아팠던 건, 아무리 노력해도 달라지는 것 하나 없는 현실이었다. '한 번만 참자'라며 주먹을 꽉 쥔 다짐이 부질없게도 하루, 이틀, 일주일, 한 달을 버텨도 상황은 달라지지 않았다. '무릎을 꿇어서라도 상황이 달라질 수만 있다면 그렇게 하겠어'라고 혼자 생각하며 울먹인 다음이면 '나는 이제 겨우 스물여섯밖에 안 됐고, 이 회사에서 월급 받은 시간이 몇 년 되지도 않는데. 어쩌다 이렇게 돈 앞에 전전긍긍하는 사람이 되어버린 걸까' 하는 지독한 무력감에 빠져 들어갔다. 나를 덮치려 드는 번아웃에 지지 않으려 최선을 다해 도망쳐봤지만, 어느 순간 나는 웃음도 생기도 슬럼프에 다 내어주고 말았다. 학교 다닐 때 교수님은 분명 '펜은 칼보다 강하다'고 가르쳤지만, 현실에선 달랐다. 적어도 내가 쥔 펜은 돈보다 약했다.

가끔 생각했다. 내 앞에 술잔이 내밀어졌던 그 순간, 나를 도와줄 선배 한 명만 있었다면 내가 그토록 초라해지는 것만은 막을 수 있지 않았을까. 누구를 향하는지 모를 원망이 피어날 때면 눈물이 차올라 자꾸 목이 멨다. 부끄러운 회사의 처지와 바닥 친 자존감을 들키고 싶지 않아 어디로든 도망치고 싶었다. 특히나 이 초라한 꼴을 후배들에게만큼은 들키고 싶지 않았다. 내가 겪은 이 아픈 순간을 너희까지 겪게 하고 싶지 않았다. 오히려 괜히 후배들까지 기가 죽을까 후배들 앞에서는 입꼬리를 있는 힘껏 올렸다.

그렇게 기댈 곳 하나 없이 작아지기만 했던 어느 날, 아끼는 후배가 마음을 전해왔다.

"마음이 고운데 눈치까지 빠른 사람이라서. 결국엔 모두를 지키겠다고 기꺼이 자기가 다치고야 마는 모습이 마음이 아팠어요."

문자를 보자마자 떠오른 첫 번째 생각은 '들키고 싶지 않았는데, 들키고야 말았구나'였다. 술잔을 받아들면서도 울지 않았던 나는 이 문자를 받은 날, 주저앉아 엉엉 울었다.

그 시절 내가 자존심까지 다 내어주면서도 지키고 싶었던 딱 하나는 '사람'이었다. 펜은 칼보다 강할 거라는 신입 기자의 소중한 꿈만큼은 깨고 싶지 않았다. 다치는 건 내가 마지막이 되었으면 했다. 귀한 내 후배만큼은 이런 꼴을 똑같이 당하지 않길 매일 간절히 빌었다. 시간이 흘러 네가 내 연차쯤이 되어 있을 때면 좀 나아져 있을 거라는 우리의 희망을 현실로 만들고 싶었다.

눈물을 한껏 쏟아내면서 오래전 회사를 떠난 내 첫 사수가 떠올랐다. 선배는 늘 내게 말했다.

"막내는 그저 다 참아야 하는 건 나까지만 할 거야. 내 후배는 그런 거 안 해도 돼."

가장 힘없고 무서운 게 많았던 시절, 선배는 내게 가장 든든한 방패였다. 언젠가 후배가 생긴다면 나도 그런 존재가 되어주고 싶었다. 유약함을 따뜻하게 품어주려는 사람보다 그걸 이용하려 드는 사람이 훨씬 많은 세상에서 언제든 기댈 수 있는 '최후의 내 편'이 되어주고 싶었다.

아무 대가 없이 그저 누구 한 사람에게 '내 편'이 되어주는 것, 그것만 해도 좀 살 만한 세상이지 않을까. 사실 우리는 들여다보면 다들 어디 하나는 약한 구석이 있는 존재니까. 나는 너에게, 너는 또 다른 누구에게 그만큼의 존재만 되어주면 안 되는 걸까.

숫자 앞에 담담해져 갔던 것들

"오늘 국내 코로나19 신규 확진자는 446명으로 다시 400명대를 기록했습니다. 지역별로 보면 경기 지역이 181명으로 가장 많고, 뒤이어 서울이 98명, 인천 20명으로 경기 지역을 제외한 수도권은 어제와 비슷한 수준을 이어갔습니다. 국내에서 코로나19로 인해 사망한 사람은 전일 집계 대비 3명 늘어난 누적 1,645명입니다."

벌써 3년 전, 코로나19가 한창 유행했던 시기, 나는 이 비슷한 멘트를 아침마다 숫자만 바꿔 읊었다. 0시 기준 한 번, 18시 기준 한 번, 21시 기준 한 번 이렇게 하루 세 번 늘어나는 숫자를 확인하며 받아쓰는 게 내 일이었다. 시시각각 달라지는 상황을 분석해서 정확하게 전달하는 건 어찌 보면 가장 쉬운 일이었다. 그냥 받아쓰기만 하면 되니까. 하지만 시간의 흐름을 따라가는 건 그만큼 쉽게 익숙해지는, 금방 지루해지는 일이기도 했다.

시간이 흐른 지금에서 다시 봐도, 그때 내가 쓴 원고들은 하나같이 정확한 사실을 전하는 데 집중하기 바빴다. 쏟아지는 집계 속에서 누군가의 죽음은 내게 그저 숫자 그 이상도 그 이하도 아니었다. 어쩌면 연이은 새벽 출근과 늦어지는 퇴근, 많아지는 방송이 만들어낸 '귀찮음'이 많은 것들을 외면하도록 만들었는지도 모른다. 죽음 하나하나의 사연과 아픈 사람 한 명 한 명의 이야기는 그때의 내게 잘 보이지 않았다.

분명, 처음부터 그런 건 아니었다. 언론고시를 준비할 때 내 꿈은 모두에게 마이크를 공평하게 건네는 것이었다. 처음 기자가 되었을 때만 해도 소외되는 사람들의 이야기를 발품 팔아 찾아다녔다. 세상에 알려지지 않은 채 아무도 모르게 사라져버릴 누군가의 이야기를 기사로 전하게 되는 날이면 그렇게 뿌듯했다.

국내에 코로나19 확진자가 유입된 초기에만 해도 나는 마스크 하나만 얼굴에 걸친 채 여기저기를 쏘다녔다. 마스크를 살 돈이 없어 방한용품으로 얼굴을 가린 채 새벽부터 일감을 찾아 나선 외국인 노동자들을 만나기 위해 새벽부터 대림동 인력시장에 나갔다. 말이 안 통하는 그들과 대화하려고 손짓, 발짓에 휴대전화 번역기까지 동원하면서 대화하려 애썼다. 정부가 마스크 5부제를 시작했을 때도 제대로 된 신분증이 없어 마스크를 정당하게 사지 못하는 그들의 이야기를 말로, 글로, 화면으로 전하기 위해 애썼다.

그 시절 나는 알아들을 수 없는 언어만 한가득인 새벽의 인력시장도, 정체 모를 난생처음 마주하는 이주노동자들도, 언제 어디서 걸릴지 모르는 코로나19도 무섭지 않았다. 오히려 겁 없이 여기저기 쏘다니는 나를 주변에서 무서워했다. 취재를 마치고 사무실로 들어가면 선배들이 멀찍이 떨어져 빨리 손부터 씻고 오라고 말하곤 했으니깐.

코로나19 대유행이 길어지면서 대다수 직장인이 하나둘 재택근무에 들어갈 때만 해도 나는 제법 해맑았다. 무엇이든 촬영을 계속해야 하니 재택 한번 제대로 할 수 없는 내 처지를 안타깝게 여기지도 않았다. 오히려 '이 나이에 이만큼 많은 경험을 할 수 있다니 얼마나 감사한 일이야!' 하며 명함을 1년에 기본 한 통씩은 뿌리고 다녔다.

분명 그랬던 나는 어느 순간부터 변해갔다. 그건 모두가 기다리는 일상 회복이 좀처럼 찾아오지 않았기 때문이기도 하고, 언젠가는 나의 일이 조금은 수월해질 거라는 기약 없는 믿음이 희미해져서인 것 같기도 하다. 누구나 한 번쯤 겪는다는 3년 차, 5년 차의 슬럼프를 나 역시 비켜 가지 못했기 때문인지도 모른다. 이유가 무엇이든 나는 예전의 나와 달라진 게 분명했고, 그런 내가 싫었다. 사람이 보이지 않고, 누군가의 이야기가 들리지 않고, 그렇다 해도 특별히 문제도 없는 내 밋밋하고 지루한 일상이 지겨웠다. 쌓여가는 경험치만큼 나는 많은 것들에 쉽게 흔들리지 않게 되었다. 이게 '초심의 상실'인지, '기특한 성장'인지 헷갈린 채로 시간은 흘렀다.

반성은 코로나19 대유행이 끝날 때쯤에야 찾아왔다. 그 시기 짤막한 취재 후기 에피소드 영상을 만드는 선배가 코로나 특집방송을 맡으며 어떤 생각을 했었는지 짧게 인터뷰를 부탁했다. 생각에 잠겼던 것도 잠시, 나는 곧장 답했다.

"익숙해지면 안 된다. 이 생각을 매일 마이크 앞에 설 때마다 했던 것 같아요."

말하고도 놀랐다. 분명히 어느 순간의 나는 이런 생각을 했었구나 싶어서. 나중에 편집된 에피소드 영상을 몇 번이나 보면서 왜인지 느낌이 이상했다. '대체 나는 기자를 왜 하고 있는 걸까?' 의문이 들었다. 쌓여가는 연차만큼 몸도 무거워지고 있는 건 아니었나. 아는 게 많아진다고 감히 세상을 건방진 태도로 마주하고 있지는 않았을까. 책상 한편에 쌓여 있는 수십 장의 지나간 원고를 물끄러미 바라보며 반성했다.

'죄송합니다. 제가 당신의 아픔을 제대로 보려는 노력조차 하지 않았어요.'

그럴 리가 없어요

"그럴 리가 없어요. 그럴 리가 없잖아요, 선생님."

그날 진료실에서 나는 흔들리는 눈으로 의사에게 애원하듯 말했다.
하지만 검사 결과도, 의사의 소견도 달라지는 건 없었다. 차라리 병원
을 오기 전으로 시계를 돌리고 싶을 만큼.

자꾸만 숨이 차는 이유를 찾으려고 집 근처 병원을 가 봤지만, 병원
에선 모르겠다고 했다. 피검사 결과도 정상이었다. 힘들면 대학병원 진
료를 받아보라는 의사의 권유에 살면서 처음으로 혼자 대학병원에 갔
다. 첫 예약까지 기다린 시간만 한 달. 검사예약까지 또 보름. 기다리는
시간 자체가 이미 나를 지치게 했다. 드디어 이틀에 걸친 검사가 진행되
었다. '이제 좀 이유를 찾을 수 있으려나' 희망을 품었지만, 딱히 잡히는
건 없었다. 거대한 만큼 무서워 보였던 병원 외관과 달리 친절하고 따

뜻한 의사 선생님은 지친 나를 달래려는 듯 미소 지으며 말했다.

"마지막으로 검사 하나만 더 해봅시다."

검사실로 들어가기 전 내게, 간호사는 굉장히 의문스러운 말을 했다.

"검사는 빠르면 5분 안에 끝날 수도 있고, 오래 걸리면 30분도 걸려요."

'무슨 검사가 그래?' 싶었다. 하지만 원인을 찾기 위해선 그저 병원에서 하자는 대로 해야 하는 '슈퍼 을'이었으니 아무 말 없이 검사실로 들어갔다. 가뜩이나 공복에 이틀 연속 온갖 검사가 계속되면서 더 야윈 것 같은 내 팔엔 수액이 꽂혔다. 거꾸리같이 생긴 검사 기계에 눕자 간호사는 내 온몸을 판에 묶었다. 안전을 위해 두 팔도 기계에 꽁꽁 고정했다.

"힘들면 얘기하세요. 내려드릴게요."

이 말과 함께 바닥에 누혀 있던 기계가 움직인 지 한 10초쯤 되었을까. 순식간에 숨이 쉬어지지 않았다. '내려주세요' 이 한마디가 나오지 않아서 "아… 아… 아…" 소리만 겨우 냈다면 믿어질까. 코로나19 시기라 병원에선 당연히 껴야 했던 마스크를 나도 모르게 당장이라도 집어던지고 싶었지만 두 팔이 묶여 있어서 아무것도 할 수 없었다.

다시 기계를 처음 검사를 시작한 상태로 돌려놓고 나를 눕힌 간호사는 차분하게 말했다. 이런 사람 그동안 많이 봐왔다는 눈빛과 말투로.

"팔에 수액 꽂아드렸거든요. 수액 맞으면 호흡이 좀 빨리 돌아와요. 천천히 숨 쉬세요."

10초 사이에 죽을 뻔한 나만 빼고 모든 게 다 평온해 보였다. 내 눈에 맺힌 눈물이 없었다면 방금 무슨 일이 있었는지 아무도 모를 만큼.

결과를 기다리며 대기실에 멍하니 앉아 있다가 이름이 불려 들어간 진료실, 아까까지 친절했던 의사 선생님의 표정은 왠지 모르게 갑자기 단호해진 것 같았다. 차트를 보던 그는 웃음기 없이 천천히 설명을 시작했다.

"사람이 보통 가장 공포를 느끼는 정도가 70도 정도라고 하거든요. 방금 한 검사는 환자분을 그 각도에 맞춰서 일으켜 세워 혈압을 측정한 건데. 바로 반응이 나타났어요. 숨이 안 쉬어진다고 했을 때 혈압이 30 정도네요. 그러니까 평소에도 이렇게 극한의 스트레스 상황에 놓이면 혈압이 떨어지면서 뇌에 산소가 안 가 숨이 안 쉬어진다고 느끼는 거에요."

설명은 쉬웠지만, 그 설명의 전제는 이해가 되지 않았다. 나는 갸우뚱하며 되물었다.

"저는 평소에는 괜찮은데요? 그냥 방송할 때만 가끔 숨이 차서 병원에 온 거에요."

의사는 다시 말했다.

"그러니까 본인은 모르지만, 방송이 지금 환자분한테는 극한의 스트레스 상황이라고요."

그럴 리가 없었다. 나는 대학병원에서 교수까지 하는 그를 이기려는 듯 반박했다.

"그럴 리가 없잖아요. 저 이거 억지로 하는 일 아니에요. 진짜 좋아서 하는 일이거든요."

하지만 그 역시 소견을 바꾸지 않았다.

"인정하지 않으면 아무것도 달라지지 않아요. 지금, 더 이상의 방송은 위험합니다."

의사는 자신 있게 "안 된다"고 말했다. 앞으로 계속 숨을 못 쉬는 상황은 반복될 거라고. 그때쯤 TV 토크쇼에 출연해 한참을 멀쩡히 말하다 순식간에 실신한 어떤 의사처럼, 심한 경우 방송 중에 정신을 잃을 거라고 경고했다. 그럴 리 없다고 당차게 따지던 나는 갑자기 너무나도 자신 있게 말하는 그의 자신감이 무서워 더는 반박하지 못했다.

충격받은 내게 그나마 도움을 주고 싶었는지 의사는 '너만 약한 게 아니야'라는 뉘앙스의 위로를 덧붙였다.

"어떤 의사는 그렇게 열심히 공부해서 의사가 됐는데도 피가 무서워서 수술하다 쓰러지기도 해요. 누군가는 퇴사를, 누군가는 상담 치료를, 누군가는 약물 치료를 선택하기도 하죠. 나는 의사지 결정을 대신 내려주는 사람은 아니에요. 지금 이 자리에서 바로 선택할 필요는 없으니까 지금부터 천천히 생각해봐요."

커다란 병원을 걸어 나오던 그해, 나는 겨우 스물여섯 살이었다. 어떤 꽃은 채 피어나지도 않았을 너무 이른 시기에 어째서 나라는 꽃은 벌써 저버리려 하는 걸까 억울함이 밀려왔다. 하지만 돌이켜보니 그때는 이미 방송 7년 차였다. 건당 만 원, 2만 원 받던 시절을 거쳐 방송으로 월급 받는 직장인이 되느라 이미 많이 지쳐 있었다. 그러니까 지친 건, 다시 생각해보니 당연한 거였다. 앞만 보고 달려가느라 나만 몰랐을 뿐.

그날 병원에선 이건 치료가 되는 증상이 아니라며, 약도 주지 않았다. 대신 뜬구름 같은 소리만 했다.
"체중을 늘리세요. 여기서 더 빠지면 위험해요. 잠은 푹 자고, 시간 나는 대로 많이 걸으세요."
'차라리 약을 주세요! 이게 어떻게 당장 가능해요!'라고 따져 묻고 싶었지만 더는 말 한마디 덧붙일 기운도 없었다.

지하철에서 눈물만 뚝뚝 흘리며 집에 돌아온 시간은 겨우 대낮, 한창 해가 쨍쨍한 시간이었다. 좀처럼 낮잠을 자지 않아 침대 근처에는 가지도 않는 나는 그날만큼은 침대에 걸터앉아 미친 사람처럼 울었다. 집에 오는 길에 운 건 운 것도 아니라는 듯이 정말 작정하고 울었다. 그렇게 울면서 생각했다.

'부서져 내린 꿈에 이만큼의 위로는 해줘야 하잖아.'

그 울음은 나의 꿈과 최선을 다한 그동안의 시간에 갖추는 최소한의 예의였다.

그때의 나는 내가 그토록 사랑했던 시간과 아직 이별할 준비가 되지 않았었다. 이렇게 우는 동안만이라도 이별을 미룰 수만 있다면, 몇 날 며칠이고 울어도 상관없었다. 늘 가지기 위해 노력하는 것에만 익숙했으니까, 내려놓기 위한 노력은 너무 낯설었다. 포기하는 데도 이렇게 많은 용기가 필요하다는 걸, 나는 그제야 배워가고 있었다.

절대로 타협할 수 없는 선

입사 초반의 내 별명은 '피카츄'였다. 주인공 지우가 수많은 포켓몬을 가지고 있으면서도 툭하면 피카츄를 찾는 것처럼 회사에서 이름이 가장 많이 불렸기 때문이다. 어떤 선배는 나를 후배들에게 소개할 때 "효선이는 '애니콜'이지"라고 말했다. 어느 때나 위에서 찾는다고. 한 3년 차까지 나는 상사의 부름에 항상 "네"라고 답했다. 그게 언제든, 무슨 이유든 토 달지 않았다. 아니라고 답하지 않았으니 쉽게 지쳐갔다. 해도 해도 할 일이 끊임없이 생겼다. 오죽했으면 그때 소망이 '만약에 투명망토가 개발된다면 그게 얼마든 하나 사고 싶다'였을까. 아무도 나를 찾을 수 없는 곳으로 떠나고 싶었다.

항상 'Yes'라고 답한 속마음에는 착한 아이 콤플렉스가 있었다고 짐작해본다. 일만 하기에도 이미 벅차니 사람과의 갈등이라도 피하고 싶었다. "네"라고 웃으며 답해야 회사 사람들과 부딪히는 일이 없으리라 생각했다. 별거 아닌 일, 내가 양보해서 모두가 편할 수 있다면 막내인 내가 좀 손해 봐도 괜찮았다. '나 때는 이거보다 더했어'라는 선배들의 말 한마디 한마디도 이런 생각에 보탬이었다.

이렇게 버티기 급급했던 나를 읽어낸 걸까. 내가 참 좋아했던 어느 상사이자 어른은 나를 따로 불러 조언했다.

"절대로 타협할 수 없는 마지노선을 정해. 그리고 거기선 물러서면 안 되는 거야."

물론 그날 이후로 드라마틱한 변화가 일어나진 않았다. 대신 어쩌다 한 번씩 아니라고 말하기 시작했다. "선배 그런데요." 아니라고 말하는 순간마다 단체채팅방에 정적이 찾아오거나 사무실 공기는 차가워졌다. 하지만 한번 한번 냉기가 흐르는 순간이 반복될수록 이런 싸한 분위기를 외면하는 노하우를 터득해갔다. 내가 되고 싶은 건 피카츄가 아니었으니 반드시 배워야 했다. 내가 진짜로 나아가고 싶은 길은 무엇인지, 그러기 위해선 무엇이 필요한지 판단하는 방법을. 위에서 업무 지시가 내려올 때마다 이 프로젝트에 합류하는 게 '조직'을 위해 좋은 일인지, '나'를 위해 좋은 일인지 계산하는 법을 훈련해갔다.

몇 년에 걸친 한 번 한 번의 연습을 통해 제법 자신감이 붙은 나는 하필이면 회사 입장에서 중요한 순간에 멈춤을 선언했다. 그날은 그 여느 때와 같이 지친 몸과 마음에 익숙해져 겨우 커피로 아침을 깨우던 날이었다. 그리고 갑자기 공지된 TF 명단, 언제나 그랬듯 내 이름이 있었다. 순간 숨이 쉬어지지 않았다. 회사가 나를 찾는 건 그다지 특별한 일이 아니었는데 그 인사는 유난히도 아팠다. 살이 너무 빠져 웬만한 옷은 수선 없이 맞지도 않는 내 몰골이 그 순간 끝도 없이 초라하게 느껴졌다. '또다시 할 수 있겠어?'라는 질문을 스스로에게 어김없이 해야 하는 순간이 지옥 같았다.

그날 온종일 고민하던 나는 결국 스스로에게 묻지 않았다. 한 번 더 버텨볼 수 있겠냐고. 대신 다음 날 아침, 상사를 찾아가 조용히 말했다.

"선배, 저 주말 이틀 온전히 쉰 적 없잖아요. 여름이든 겨울이든 휴가 한 번 이틀 이상 써본 적 없어요. 그동안 못 쉰 거 쉰다고 생각하고 이번에 쉬겠습니다."

멈춰 서겠다는 이야기를 처음 꺼내놓던 그 순간, 내가 마주한 사람은 적어도 내 시선에서는 상사가 아니었다. 함께 손발을 맞춰온 선배에게 그 순간의 내 생각을 있는 그대로 이해받고 싶었다.

차분하게 이야기를 꺼내놓는 나처럼 그 역시 차분하게 답했다.

"알지, 너 그동안 어떻게 일했는지. 그렇지만 시기가…. 지금 쉬겠다고 하면 반항이라고 비춰질 텐데, 괜찮겠어?"

알고 있었다. TF 합류 거부는 상부에 반기를 드는 것과 같다는 사실을. 내가 하지 않는 만큼 선후배들이 내 몫까지 더 힘들 거라는 것도, 그래서 이 결정이 그렇게 곱게 보일 리 없다는 것도 너무 잘 알았다. 그래도 밀어붙였다. 그 순간은 직장 생활 5년 차에 찾아온, 절대로 타협할 수 없는 마지노선이었다.

선배의 예상대로, 나 역시 짐작했던 대로 나는 많은 것들을 순식간에 잃었다. 쉬고 싶다는 나의 고백을 있는 그대로 받아주기엔 조직의 상황은 치열했다. '누구나 다 힘든 기자 생활, 못 버티겠다고 말하는 건 그냥 네가 약한 탓 아니냐'라는 물음이 나를 아프게 찔렀다. '지금 쉬면 다시는 이 자리로 못 돌아올 수 있는데 괜찮겠냐'는 만약을 가장한 협박 같은 질문은 내게 매서운 회초리로 느껴졌다. 그러니까 조직에 희생하면 안 되는 거라고, 너의 오랜 그 양보는 결국 아무것도 남기지 않았다고 확인 사살하는 것 같았다.

주변의 만류도 그때는 그냥 말없이 듣기만 했다.

"나는 너를 이해 못 하겠어. 그동안 잘했잖아. 이거 네가 제일 잘하는 거잖아. 세상도 알아주잖아. 그런데 쉬겠다고? 지금 이러면 그만두겠다는 거밖에 더 돼? 너 진짜 그만둘 거야?"

"미안해. 지금은 아무 말도 못 해. 정리가 끝나면 꼭 설명할게, 꼭."

"얼마나 쉴 건데?"

"모르겠어."

사실은 내가 좀 아프다고, 나도 아직 받아들일 준비가 되지 않아서, 그러니까 시간 좀 달라고 말하지 못했다. 충분히 설명하지 않으면 그냥 힘들다는 투정으로밖에 보이지 않을 거라는 걸 알면서도. 사회생활을 시작한 이래 가장 무책임한 태도로 비춰지고 있다는 걸 알면서도. 나는 아무것도 설명하지 못했다.

나의 휴가는 그렇게 시작됐다. 세상 냉정한 가르침과 상처투성이인 마음과 함께. 다시는 돌아오지 않을 것처럼 빈 책상만 남기고.

꽃을 피우지 않아도 괜찮아

쉬기로 결정한 나는 서울을 떠나기로 했다. 얼마 동안일지 계획 같은 건 없었다. 그냥 그러고 싶었다. 다시는 돌아오지 않을 것처럼 회사 책상을 비운 것처럼, 집도 다시는 안 올 것처럼 비웠다. 일단 냉장고를 비우고, 커다란 쓰레기봉투를 꺼내 눈에 보이는 거슬리는 것들을 다 집어넣었다. 그리곤 캐리어를 꺼내 옷장에 보이는 옷 중에 출근할 때는 입지 못할 편한 옷 몇 벌을 꺼내 대충 담았다. 콘센트까지 다 뽑고 이제 집을 나가려는데 창가에 놓인 화분들에 눈에 들어왔다.

'내가 돌아오지 않으면 너희는 죽을 텐데…'

이 정신없는 서울에서 나 하나쯤 사라져도 아무 문제 없다고 생각했는데. 너희는 나를 필요로 했다. 다 데려가기엔 너무 많았고, 괜히 무리해서 들고 가다가 버스를 타고 이리저리 흔들리며 괜히 어린 줄기가 다

칠 것도 같았고. 문 앞에서 고민하던 나는 다시 신발을 벗고 들어가 언젠가 딸기를 사 올 때 같이 데려온 빨간색 작은 대야를 찾았다. 그리곤 대야에 물을 담아 화분 하나하나를 받쳤다. 한 바가지의 물을 미리 주며 인사를 건넸다.

'솔직히 돌아온다고 약속은 못 해. 근데 뭐 돌아오지 않는다고 해도 한번은 오지 않을까? 집도 마저 정리하고 새 주인도 구해야 하니까. 그러니까 다시 볼 때까지 잘 있어 줘. 언니도 많이 건강해져서 올게.'

'죽으면 버려야지 뭐' 하고 두고 가기엔 우리 집 초록이들은 늘 든든한 내 편이었다. 하루가 고된 날이면 초록이들이 기다리는 집에 돌아와 창가에 놓인 화분을 멍하니 보고 있는 게 내 낙이었다. 창가에 놓인 초록이들은 하나같이 다 꽃이 피지 않는 민꽃식물들인데도, 퇴근하고 오면 분명 아침과 달라져 있었다. 가끔은 뿌리에서 새싹이 빼꼼 돋아나 있기도 하고, 창가 쪽으로 고개가 돌아가 있어 반대로 돌려놓아도 다시 창가를 향해 얼굴이 돌아가 있었다. 꽃은 피지 않았지만 분명 나만 알아보는 생명력이 있었다. 그 작은 생명력이 꼭 '그러니 주인님, 너도 그저 하루를 버텨'라고 말해주는 것 같았다. 그러니까 이 변화를 계속 이어가기 위해선, 너희가 또 하루를 살기 위해선, 나라는 존재가 필요했다.

한 달쯤 흐른 뒤, 다시 병원 외래진료가 있어서 서울에 왔다. 터미널에 첫발을 내딛자마자 뒤따르는 발걸음이 빨라졌다. 너무 보고 싶었다. 이 서울에서 유일하게 내가 필요할 우리 집 초록이들이. 집 문을 연 순간 바로 초록이들부터 찾았다. 다들 살아 있었다! 창가를 향해 잔뜩 웃자란 채로.

너무 기특했다. 꼭 꽃이 피지 않아도 내 눈엔 그저 예뻤다. 웃자라서 조금 못생겨져도 괜찮았다. 작은 생명력으로 있는 힘껏 햇빛을 향해 몸을 뻗고 있었으니까. 그건 분명한 성장이었다. 도망치듯 서울을 떠나 아무것도 하지 않은 나의 지난 한 달도 분명한 성장이었던 것처럼.

배울 게 아무것도 없는 시간도 있는 거야

"시선을 끄는 능력을 타고난 아이가 평범하게 살고 싶다고 하더라. 그렇게 밝았던 사람이 너무 아프게 웃더라고."

퇴사를 한 뒤 사람들은 지난날의 내가 어땠는지 말하며 눈빛으로 안타까워했다. 그런 두 눈을 마주할 때면 굳이 떠올리고 싶지 않아도 생각이 날 수밖에 없었다. 아무에게도 들키고 싶지 않았던, 나만 아는 이야기를.

원고를 자꾸만 줄였다. 문장도 줄이고 줄여 최대한 짧게 썼다. 숨이 차기 시작하는 게 느껴지고 호흡이 흔들리면 티 나지 않게 서둘러 멘트를 마무리했다. 예고 없이 찾아오는 호흡곤란을 견디기 위한, 나만 아는 고군분투의 시간이었다. 생방송 하나가 끝나고 나면 얼굴은 창백했고 손바닥은 축축했다. 몇 시간 뒤에 또 라이브 연결이 있는데, 과연 사고를 내지 않고 버틸 수 있을까 무서웠다. 화장실 거울에 비친 나의 두 눈엔 두려움이 가득했다. 그대로 도망가고 싶었다.

일상도 흔들리기 시작했다. 출퇴근길, 사람이 꽉 찬 지하철을 타는 게 어려웠다. 가능하면 남들보다 빨리 출근해 남들보다 늦게 퇴근하는 수밖에 없었다. 옆에서 보기엔 '그냥 일이 많아서 그러나 보다' 했겠지만, 사실은 살기 위한 노력이었다. 어쩔 수 없이 피크 시간에 지하철을 타게 되는 날이면 출입문 바로 앞에서 기둥을 꼭 붙잡고 서 있었다. 다들 아무렇지 않게 잘 타는 지하철을 나만 겁먹고 못 타는 것 같아서 내 자신이 너무나 초라해 보였다.

병원에선 죽지 않는다고 했다. 대신 쓰러지면서 다치는 경우가 많으니 어지러우면 무조건 누우라고 몇 번이나 말했다. 어지러움이 찾아올 때마다 먹을 약도 한 통이나 줬다. 만약을 대비해 약을 항상 가지고 다니라는 당부와 함께. 그 약을 파우치 깊숙한 곳에 넣어 다녔는데 매일 파우치를 열 때마다 약이 보이면 마음이 무너져내렸다. 내가 아프다는 사실조차 받아들이지 못했던 나는 그렇게 아주 미세하게, 조금씩, 내 상태를 인정하고 있었다.

그리고 이 모든 것들을 숨겼다. 누구에게도 퇴사의 이유를 명확히 설명하지 않았다. 그만둔다는 소문을 듣고 사실인지 궁금해하는 시선들이 느껴졌지만 그대로 뒀다. 회사 사람이며 취재원이며 일일이 설명하기 그래서라고 합리화했지만, 솔직히 핑계였다. 사실은 들키고 싶지 않았다. 아프다는 걸 알리기 싫은 자존심도 있었겠지만 무섭다고 말하면 질 것 같았다. 인정해버리면 끝없이 밀려오는 현실에 잠식되어 버리고 말 것 같았다.

입을 열면 부질없는 원망을 늘어놓을 것 같아서 말을 아끼기도 했다. 거우 좋아지고 있었는데 전 세계가 주목할 만큼 그런 큰 사고만 없었다면, 그 취재를 맡지 않았다면, 힘들고 지칠 때 누구든 내 일을 조금만 도와줬다면 같은 핑계를 대면서. 꼭 그런 외부 요인들 탓에 아픈 건 아니었음에도 무엇이든 원망할 게 필요했다. 그런 원망할 대상도 없으면 지금 이 순간을 버텨내지 못하는 나 자신을 원망할 것 같아서, 비겁하지만 어쩔 수 없이 수많은 것들을 미워했다.

그렇게 그 누구에게도 무엇하나 제대로 설명하지 못하면서 혼자서 날마다 울었다. 시계를 멈추고 싶었다. 괜찮아질 때까지 조금만 기다려 달라고 부탁하고 싶었다. 이렇게 혼자서 버티는 내가 안쓰러워서라도, 시간이 조금만 봐줬으면 했다. 세상 모든 경험에는 다 배우는 게 있다고 늘 긍정적으로 생각하려고 애썼던 나였는데. 그때는 그것도 잘 안됐다. 자꾸만 많은 것들이 미워졌고 대체 이 시간에서 뭘 배우려고 이렇게 힘든 건지 답답하기만 했다. 그러다 문득 친한 언니가 해줬던 이야기가 떠올랐다.

"배울 게 아무것도 없는 시간도 있는 거야. 세상이 나한테 왜 이러나 싶을 만큼 다 안 되는 때가 있어. 그냥 그렇게 흘러가게 돼야만 하는 시간도 있단다."

지나와보니 알겠다. 버티기만 하는 시간도 지나간다. 결국엔 겨울도 지나가는 것처럼. 길고 긴 시간을 지날 때는 어둠의 끝이 보이지 않지만, 어느 순간 시간의 터널을 빠져나왔을 때면 버티고 살아내서 이 자리에 서 있는 내가 보인다. 설사 어둠 속에서 배운 게 없다 해도, 그 시간을 지나온 내 모습이 대단히 성장하지 않았다 해도 괜찮다. 가끔은 배울 게 없는 아픈 시간도 있는 거니까.

인생의 모든 날들이 꼭 맑을 수는 없으니까, 반갑지 않은 흐린 날들도 그저 있는 그대로 마주하면 되지 않을까. 오늘은 조금 흐린 날을 지나고 있다고, 그냥 그렇게.

머리가 좋네요

"머리가 좋네요. 지금이 IQ 130대니까 컨디션 좋으면 140까지도 나오겠다."

시큰둥한 표정으로 진료실에 들어간 나는 의사 선생님의 첫마디에 고개를 들어 그를 바라보았다. 검사 예약 잡기도 힘들었고, 검사도 몇 시간이나 걸렸고, 중간에 머리가 너무 아파 뛰쳐나가고 싶을 만큼 힘들어서 뻔한 결과만 나오면 너무 허탈할 것 같았는데. 뜬금없이 IQ가 좋다니. 과연 의사 선생님의 의도도 그랬는지는 모르겠지만 나는 그 말이 꼭 위로처럼 들렸다.

'너 지금 속상한 거 알겠으니까 기분 좀 풀어봐.'

병원에 갈 때는 안 그러려고 해도 늘 기분이 가라앉았다. 괜히 지하철도 더 안 오는 것 같고, 병원은 또 어찌나 큰지 유난히도 진료실이 멀

159

ㄹ 느껴졌다. 나이가 아무리 들어도 병원에 가기 싫은 어린아이의 마음은 여전한 건지 병원에 가는 건 일단, 그냥, 싫었다.

처음엔 병원까지 갈 만큼 일을 키울 생각은 없었다. 그냥, 사소한 것들이 조금 힘들었을 뿐이다. 쉽게 잠들지 못했고, 겨우 잠들어도 악몽을 꿨다. 마치 신입 때처럼. 한창 긴장을 많이 하던 신입사원 시절엔 쪽잠 자기 바쁜 와중에도 안 좋은 꿈을 자주 꿨다. 스튜디오에 올라가려고 엘리베이터를 타던 도중 엘리베이터 틈으로 뉴스 원고를 떨어뜨리는 꿈이라던가, 사방이 유리로 된 어느 투명한 방에 갇혀 혼자서 벽을 두드리며 '저 좀 꺼내주세요' 하고 울부짖는 꿈같은. 늘 혼자서 끙끙 앓는 밤의 반복이었다.

10.29 이태원 참사 시기에도 비슷했다. 현장 취재에 투입되어 2주째 제대로 자지도 먹지도 못했으니 아무렇지 않으면 오히려 이상했다. 그래서 그냥 넘겼다. 안개만 가득한 텅 빈 이태원 거리에 혼자 남겨져 길을 잃고 헤매는 꿈을 꾸는 것도, 새벽에 아무 생각 없이 본 사고 현장이 자꾸 머릿속을 맴도는 것도, 사람이 많은 지하철을 타면 갑자기 숨이 차는 것 같아 손잡이를 꽉 쥐고 혼자 무서워하는 것도. 서울시에서 현장 취재에 투입된 기자들에게 무료로 심리 상담을 해준다고 하기 전까지 나는 그냥 '쌓인 피곤'을 이유로 들며 많은 것들을 합리화했다.

그러다 잠깐의 짬을 내어 찾아간 시청 지하의 상담실. 들어오며 건네

받은 설문지를 막힘없이 작성하고 결과를 기다리던 나는 갑자기 나를 바라보는 상담 선생님의 눈빛에 긴장되기 시작했다.

'뭐지…? 뭐가 잘못됐나? 왜 나를 저런 울 것 같은 얼굴을 하고 보는 거지?'

그 이상했던 느낌은 결국 현실이 되었다.

"기자님, 제 동생이었으면 지금 당장 사직서 내고 출근 못 하게 말렸어요. 병원 가야 해요, 빨리. 외상 후 스트레스 장애라고 들어봤죠. 치료가 필요한 수준입니다."

그제야 테이블 위에 놓여 있는, 내 손으로 쓴 게 분명한 상담지가 보였다. 조금 전 쓸 때는 아무 생각이 없었는데 다시 보니 꺼내놓을 기회가 없어 누구에게도 말하지 못했던 나의 마음이 담겨 있었다.

세상을 뒤덮은 모두의 슬픔 앞에서 차마 현장에 있는 게 너무 힘들다고 투정을 부릴 수는 없었다. 모두가 정신없이 움직이는 현장에서 나를 감싸는 지독한 피 냄새와 텅 빈 대로에 쳐진 폴리스 라인이 무섭다고 털어놓을 시간도 없었다. 분명 새벽에 첫 전화를 받을 때만 해도 아무렇지 않았는데, 순식간에 올라가는 사망자 집계를 확인하면서 중계 직전엔 자꾸만 멍해졌다. 하지만 그 순간의 증상들조차 밀려오는 브리

평과 취재 일정에 치여 제대로 들여다볼 시간은 없었다. 세상은 사고의 원인을, 책임 소재를, 유가족의 슬픔을 궁금해했지, 현장의 최전선에서 보고 듣는 나의 상태를 궁금해하지는 않았다. 아무도 묻지 않았으니, 괜찮지 않다고 말할 기회도 없었다. 계속 검은 옷을 입고 출근하며 시청광장에 설치한 분향소를 오가는 사이 나의 생일을 축하받으면 안 될 것 같은 중압감에 휩싸여 금세 흐려졌다.

그렇게 조용히, 별거 아니라고 겨우 버티고 있는 내게 상담사는 너무 쉽게 "안 된다"고 말했다. 언젠가 더 이상의 방송은 위험하다고 말했던 의사 선생님처럼, 다들 쉬어야 한다는 말만 반복했다.

'누가 몰라서 못 쉬나. 쉬면 일은 누가 하라고.'
한바탕 울어 빨개진 눈으로 상담실을 나오던 나는 떨리는 양손을 꽉 말아쥐며 속으로 외쳤다.
'그 지긋지긋한 안된다는 소리 말고, 방법을 말해. 쉬어야 한다는 그런 뻔한 소리 말고, 해결책 내놓으라고!'

그렇게 1년도 채 안 돼 또다시 병원에 내 발로 찾아가면서 어떻게 기분이 좋을 수 있을까. 입술은 댓 발 나왔고 걸음 하나하나엔 짜증이 가득했다. '지지 않을 거야, 절대로' 하며 온몸에 힘을 꽉 주고 병원에 들어갔다. 전공도 언론학이었고, 20대 내내 방송 말고는 한 게 없는데 세상이 내가 가진 모든 걸 앗아가려고 하는 것 같았다.

그렇게 혼자만 비장하고 심통 가득한 얼굴의 내게 뜬금없이 찾아온 '머리가 좋네요'라는 칭찬은 너무 얼떨떨해서 갑자기 온몸의 힘을 풀리게 했다. 힘이 빠지고 나니 보였다. 나 혼자만 버티겠다고 고집을 부리고 있다는 것도, 그 고집이 결국 나 자신을 제일 힘들게 한다는 것도. 반은 기분 좋은 마음으로, 반은 얼떨떨한 마음으로 병원을 빠져나오며 클라이밍을 처음 배우던 날이 생각났다.

"클라이밍은 추락을 피할 수 없어요. 그러니 다치지 않게, 잘 추락하는 게 중요하죠."

더 이상 버틸 수 없다면, 어차피 넘어질 수밖에 없는 거라면, 잘 넘어지는 방법을 찾아야 했다. 그래야 또다시 일어설 수 있을 테니까.

Off the record

"미련이 있다고 입 밖으로 꺼내면 내가 버티려고 할까 봐. 제가 아는 저는 버티려고 할 게 분명했거든요. 그래서 이를 악물고 뒤돌아보지 않았어요. 사진 한 장 남기지 않았죠. 열어보면 미련이 생길 것 같아서요. 저를 지키려면 이 방법밖에 없었어요."

이건 철저한 오프 더 레코드. 그러니까 나를 지키기 위해서 회사를 떠나는 순간까지 절대로 들켜서는 안 되는 비밀이었다.

마지막 출근일, 연이은 면담에 지쳐 있던 나는 그날도 어김없이 울리는 전화를 피하고 싶었다. 불빛이 환하게 켜진 전화 액정을 한참을 바라만 보다가 계속해서 끊이지 않는 전화에 결국 받아든 나는 이미 알았다. 지난 몇 달이 그랬듯, 오늘도 내가 많이 울 것이라는 걸.

문을 열고 들어간 회의실, 나를 기다리는 상대는 질문이 빼곡히 적힌 다이어리를 펼친 채 앉아 있었다. 그는 '조직'을 위해 내가 회사를 떠나기로 결심한 이유를 알고 싶어 하는 것 같았다. 마지막 면담조차 조직을 위해 해줘야 하는 느낌에 숨이 막혔지만, 그래도 저 많은 질문을 준비할 만큼 내 선택의 이유를 알고 싶어 하는 그의 성의를 생각해 자리에 앉았다. 마지막 인터뷰였으니까, 이것만 넘기면 된다는 생각으로 대화를 시작했다.

마치 면접 볼 때 그랬던 것처럼 우리의 대화는 치열하게 묻고 답하고를 반복했다. 그때는 내가 면접관을 설득하기 위해 치열했고, 지금은 상대가 나를 설득하기 위해 치열했다는 것만 달랐을 뿐. 대화 내내 수많은 '만약에'가 이어졌다. '만약에 직무를 바꾼다면', '만약에 복지를 개선한다면', '만약에 처우를 개선한다면' 그 수많은 질문에 내 답은 한결같이 "아니요"였다.

한참의 대화 끝에 준비해온 질문을 다 마친 것 같던 그는 앞선 대화와는 조금 다른 톤의 목소리로 말했다.

"본인의 의사를 묻진 않았지만, 우리 회사의 관리자가 되어주길 바랐어요. 어린 나이에 들어와서 회사랑 같이 커갔으니까. 이 회사 사람이 되어주면 좋겠다 싶었거든요. 그 과정이 너무 힘들었다면 미안해요."

절대로 흔들리지 않겠다고 굳게 다짐하고 회의실에 들어갔던 나는,

마지막 순간에 다다라서야 처음 듣는 그 미안하다는 말에 당황할 수밖에 없었다. '한 번쯤은 말해주지. 너를 이렇게 생각한다고' 하는 원망과, '말해준들 달랐을까' 하는 생각이 뒤엉켰다.

그날 그 자리가 진심을 말할 수 있는 마지막 순간이라는 걸 알면서도 나는 솔직히 말하지 못했다. 사실은 여전히, 내 꿈을 많이 사랑한다고. 핸드폰에 스튜디오 사진 한 장 남기지 않고 떠날 만큼 미련이 생길까 무서워, 지금 이를 악물고 버티고 있다고 말이다. 아주 오래 키워온 내 예쁜 꿈을 홀로 두고 떠나야 하는 마음이 어떻게 아무렇지 않을 수 있었을까. 하지만 한마디의 진심이라도 입 밖으로 나온다면 그동안 해온 다짐들이 와르르 무너질 것 같아서, 나는 아무 말도 할 수가 없었다.

마지막 면담을 마치고 집에 돌아가는 길, 버스에 타고 나서야 맺혀있던 눈물이 쏟아졌다. 이렇게 또 온 힘을 다해 아파할 걸 알아서 한 번 한 번의 면담이 그렇게 피하고 싶었다. 어쩌면 나는 내가 여리다는 걸 가장 잘 알아서, 그렇게 강해 보이려 애썼던 건지도 모르겠다.

그렇다고 뒤돌아가기엔 나는 너무 많이 지쳐 있었고, 언제쯤 상태가 나아질지 아무것도 약속할 수 없었다. 주저앉은 나의 시간에 '번아웃'이라는 이름을 붙이기 미안할 만큼 열정을 다한 지난날들을 사랑했지만, 동시에 나를 이만큼 아프게 만든 정체 모를 존재들을 원망했다. 세상에 옳지 못한 일들에 칼을 겨누는 기자로 남기엔, 누군가를 도와줬을 때 타인의 웃는 얼굴을 보는 게 훨씬 행복하다는 걸 깨달아버렸다. 세상의 흔들림에 같이 휩쓸리는 삶보다는 가장 나다운 모습으로 단단하게 살고 싶었다. 수도 없이 카메라 앞에 마이크를 쥐고 섰지만 솔직할 수 있는 순간은 단 한 번도 없었던 날들은 내겐 너무 힘겨웠으며, 언젠가 다시 세상과 마주할 때는 오롯이 나의 이야기로 서고 싶다는 소망이 이미 생겨버렸다.

그렇게 너무나 많은 미련이 내겐 남아 있었지만, 그럼에도 남아 있을 수 없는 이유들이 있었다. 그러니깐 이 모든 진심들은 철저한 오프 더 레코드. 돌이킬 수 없을 만큼 선택의 순간에서 완벽히 멀어질 때까지, 혹시 이 오프 더 레코드가 깨지고 진심이 들킨다 해도 아무 의미가 없어질 그때까지 지켜져야 하는 나와의 약속이었다.

'끝까지 솔직할 수 없게 만들어서 미안해. 그만 울게 해주고 싶어서 그랬어. 웃는 게 참 예쁜 내가 다시 마음 편히 웃을 수 있게 그렇게 만들어주고 싶었어. 바람이 불어오는 것 같았어. 이제 움직일 때가 됐다고. 그렇게 처음부터 끝까지 오롯이 나를 위한 거였어.'

그리고, 괜찮아졌다

"주임님, 사회 봐야 할 것 같은데?"

"제가요?"

행사 시작 10분 남기고 걸려온 팀장님 전화. 오전에 팀장님에게 사회 카드를 건넬 때 장난삼아 팀장님이 "나 안 되면 주임님이 보면 되지" 했던 말이 스쳐 지나갔다. '아니, 그건 장난이었지. 이렇게 직전에 바꾼다고?' 하던 것도 잠시, 시계는 벌써 행사 시작 5분 전을 향해 있었다. 누구든 빈 사회자 단상 앞을 채워야 했다.

'괜찮아, 어차피 내가 쓴 원고잖아. 할 수 있어.'

속으로 되뇌며 단상 앞에 섰다.

얼떨결에 서게 된 그 자리는 카메라 앞을 떠나고 두 달 만에 서는 공식 석상이었다. 이직해서 내 손으로 준비한 첫 행사이기도 했다. 늘 손대는 일은 끝을 보는 성격이었으니 매일 공들인 정성이 닿았을까. 놀랍게도 나는 아무렇지 않았다. 떨지 않았고, 편하게 웃었으며, 마지막 인사까지 여유 있게 마쳤다. 내가 아무렇지 않았다는 걸 행사가 다 끝나고서야 깨달을 만큼. 두 달 전, 마지막 생방송 때는 또다시 숨이 안 쉬어질까 봐 스튜디오에 들어가면서도 그렇게 불안했는데. 기적처럼 괜찮아졌다.

처음 병원을 찾았던 스물여섯의 어느 날, 쉬는 것 말고는 방법이 없다던 의사는 진료가 끝날 때쯤 지나가는 말로 말했다.

"나이가 들면 괜찮아지기도 해요."

그때는 집에 가자마자 엄마한테 전화를 걸어 "나이가 들면 괜찮아지기도 한다니! 그게 의사가 할 소리야?" 하며 한참을 투덜댔다. 엄마는 웃으며 말했다.

"나이가 들면 세상을 받아들이는 마음이 조금 더 넓어지니까."

가만히 있어도 어지러워 죽겠는데 의사도 엄마도 뜬구름 잡는 소리만 하는 것 같아서 얼마나 답답했던지. 하지만 계속해서 나를 힘들게 하는 불면증과 어지러움과 어떻게든 헤어지고 싶었던 나는 사실 속으로 간절히 빌었다. 어떤 날에는 시간이, 어떤 날에는 잊으려는 노력이,

어떤 날에는 현실과 너무 다른 온도의 따뜻한 책이 낫게 해주리라 믿었다. 그러다 가끔 어떤 날에는 나를 아프게 하는 상처들이 영영 낫지 않을 수도 있겠다는 생각에 우울하기도 했다.

그렇게 막연하게 기다리며 하나씩 포기하는 법을, 인정하는 법을 배워가고 있었다. 설득의 순간마다 "더 이상 기자에 뜻이 없어요"라고 말했지만 사실은 '더 이상 기자를 할 수가 없어요'가 맞았다. 다시 카메라 앞에 아무렇지 않게 설 수 있을 때까지 시간이 기다려주길 매일같이 울며 빌었지만 결국 내 기도는 이뤄지지 않았다는 걸 받아들일 수밖에 없었다.

그렇게 다다른 나의 스물여덟은 솔직히 대단한 어른은 아니었다. 모든 아픈 기억을 다 잊지도 못했다. 하지만 타인에 대한 믿음이 무너지고 상처받았던 순간들이 생각날 때마다 '사람은 누구나 자기 인생이 제일 힘들지'라고 생각할 수 있게 됐다. 그 사람도 치열한 삶에서 살아남으려면 그럴 수밖에 없었을 거라고, 꼭 악의를 가지고 나를 아프게 한 건 아닐 거라고 미루어 짐작했다. 그렇게 제법 어느 부분 부분은 덮어둘 줄 알게 되었고, 굳이 아픈 기억을 찾아내 나를 향해 화살을 겨누지 않았다.

그렇게 또 조금 더 지나 다다른 나의 스물아홉엔 나를 아끼는 새로운 사람이 곁에 꽤 많이 있었다. 그리고 무엇보다도, 그리웠지만 마주할 자신은 없었던 지난날의 기억들을 조금씩 마주하기 시작했다. 그러다 너무 아픈 기억이 생각나는 날엔 '별반 다르지 않다'라고 나를 다독였다. 사과받지 못한 순간에, 너무 아프게 찔린 순간에 가끔 눈물이 고이는 것 정도는 누구나 다 그런 거라고, 꼭 내가 유독 더 약해서 그런 건 아니라고, 나의 나약함까지 온전히 마주했다.

그렇게 나이가 들며 자연스레 나를 받아들이고, 세상을 좀 더 받아들였다. 아주 오래 바라온 대로, 20대의 여정과 예쁘게 안녕하며 빛났던 내 20대의 마지막 페이지를 잘 정리해나가고 있었다.

딱 이만큼의 온기
너와 나의 직장 생활

좋은 선배가 되는 법은 잘 모르겠지만

사회생활 시작이 빨랐던 나는 그만큼 비교적 어린 나이에 누군가의 선배가 돼야 했다. 세상에 태어난 순서가 아닌 회사에 들어온 순서대로 서열이 정해진다는 건 꽤 부담스러운 일이다. 나 역시 서툰 것 천지인데 후배들에게 무언가를 제대로 가르칠 수 있을까 자신이 없었고, 그 친구들을 완벽히 지킬 자신은 더더욱 없었다. 그래도 딱 하나 바랐다.

'혹여나 나 때문에 힘든 날이 없기를.'

힘든 직장 생활을 대신 적응해줄 수는 없어도 그 과정을 함께하려고 했다. 업무가 서툴러 다른 상사에게 쓴소리를 듣는 날엔 나만큼은 혼내지 않으려 했다. 월급을 많이 주지는 못해도 나랑 밥 먹을 땐 지갑 열 일이 없었으면 했다. 남동생이 있어서였을까. 왜인지 모르게 유약한 존재들이 그렇게 예뻐 보였다. 이렇게 웃게만 해주고 싶은 후배들에게 어쩔 수 없이 쓴소리를 한 날에는 집에 가는 길 발걸음이 모래주머니를 찬 것처럼 무거웠다. 가끔 후배들이 나와 얘기하다 눈물을 쏟거나 퇴근 길 수화기 너머로 울먹이는 목소리가 들릴 때면 내 마음도 속절없이 무너졌다. 회사 문을 빠져나오자마자 눈물이 후드득 쏟아졌던 나의 사회 초년생 시절이 겹쳐 보여서였을까.

이렇게 후배를 깨지기 쉬운 유리 다루듯 애지중지하는 내게 한 선배는 말했다.

"네가 그렇게 감싸고 돌기만 하면 네 밑에 있는 후배들은 아무것도 늘지 않아."

그때 나는 선배가 너무하다고 생각했다. 나 아니어도 힘들게 하는 것들이 얼마나 많은데 꼭 나까지 그럴 필요 있나 싶었다. 그리고 이후로도 한동안 나는 계속 후배들 감싸기에 전전긍긍이었다.

그렇게 지키기에 급급했던 시간이 꽤 흐르고 팀장님과 오랜만에 티타임 자리, 나는 큰 충격을 받았다. 관리자의 시선에서 보기에 우리 팀 후배들은 재능이 없어 보인다는 냉정한 평가가 나왔기 때문이다. 그 말을 듣는 순간 심장이 쿵 내려앉는 듯했다. 무조건 감싸는 게 답이 아니라던 한참 전 선배의 조언이 그제야 다시 생각났다. '내 방식이 잘못된 걸까?', '지켜준다는 마음이 오히려 독이 됐나' 하는 자책과 함께 끝도 없이 생각에 잠겼다.

그날 이후로도 도대체 좋은 선배란 무엇일까 고민하게 되는 순간은 꽤 많았다. 연차는 계속해서 쌓여갔으니 그만큼 쓴소리를 해야 하는 날이 많아졌다. 지켜주고 싶은 마음과 쓴소리를 해야 하는 상황이 맞물리면서 혼자서 속앓이를 하는 시간도 자주 찾아왔다. 나보다 나이가 많은 후배들과 의견이 부딪히는 날에는 '나보다 오래 살아 경험이 많은 이들의 가치관을 존중해야 해' 하는 생각과 '어린 내가 쉬워 보이나?' 하는 옹졸한 마음이 충돌하며 감정이 오르락내리락했다.

그리고 깨달았다. '혹여나 나 때문에 힘든 날이 없기를'이라는 이 바람이 얼마나 이기적인 생각이었는지. 그 여느 때와 같이 후배를 지키고 싶었던 날이었다. 지키고 싶은 마음에 괜찮냐 묻지 않았고, 그렇게 지나간 하루가 후배에게 큰 상처가 됐다는 건 나중에야 알았다. 후배가 회사를 떠날 때쯤 커피 한 잔을 놓고 마주한 자리에서 그 친구는 말했다.
"선배가 좋은 사람이라는 걸 알면서도 그날은 선배를 많이 원망했어요."
후배의 마음을 간과한 순간이 후배에게 상처를 안겼다는 사실은 내게도 아픈 상처로 남았다.

시간이 흐르면 누구나 선배가 될 수 있지만, 좋은 선배가 된다는 건 참 어렵다. 저마다의 정의도, 추구하는 방향도 다르니 좋은 선배라는 건 정답이 없는 존재인지도 모른다. 하지만 적어도 20대의 끝자락에선 지금 누군가 내게 좋은 선배란 무엇이냐고 묻는다면 '스스로를 지키는

방법'을 찾도록 도와주는 사람이라고 답하고 싶다. 지켜주고 싶은 마음
만으로는 모든 걸 해결할 수 없다. 대신 각자의 자리에서, 예고 없이 찾
아오는 수많은 파도에 휩쓸리지 않도록 저마다의 무기를 찾는 항해를
함께하면 어떨까. 받는 사람에게도 오래 두고 쓸 수 있는 선물이 될 수
있도록.

위로하는 법을 모를 땐

누군가 직장 생활을 하면서 가장 어려운 순간이 언제냐고 물을 때면 이렇게 답한다.

"위로를 해야 할 때요."

나보다 나이도 많고 아는 것도 많은 어른을 위로한다는 것, 이건 정말 어려운 일이다.

어느 회사나 마찬가지겠지만 인사이동 시기가 다가오면 출근하기가 그렇게 싫다. 어수선한 분위기 속에서 일은 해야겠는데 막상 하려니 당장 내일의 내가 어떻게 될지 몰라 아무것도 하기 싫어진다. 이런 애매한 시기가 내부 사정으로 길어진다면 그건 정말 최악이다. 먹구름 가득 낀 시기가 지나고 모두가 그토록 궁금해했던 인사 발표가 나면 희비가 엇갈린다. 승진을 기대했지만 올라가지 못한 자는 아무 말 없이 고개를 숙이고 자리를 피한다. 가고 싶던 부서로 발령이 나거나 승진을 한 사람들은 그동안의 시간을 보상받았다는 만족감에 얼굴에 꽃이 핀다.

상반된 온도의 공기가 공존하는 그 시공간에서 막내의 일은 그냥 키보드를 두드리는 것이었다. 문제는 지금부터 시작이라는 걸 아는 나는 속으로 생각했다.

'고기압과 저기압이 충돌하면 비가 내릴 텐데. 이를 어쩐담.'

시기에 따라 비를 피하는 방법은 달라진다. 먼저 신입 때는 그냥 나만 잘하면 된다. 어차피 내게 다른 사람까지 씌워줄 핵우산 같은 건 없으니. 그런데 연차가 쌓일수록 주변이 보인다. 미처 우산을 마련하지 못한 이들이 보인달까. 우산도 없이 그저 버티며 하루하루를 살아내는 이들이 눈에 들어온다. 이들은 딱히 비를 피할 의지도 없어 보인다. 보고 있으면 머릿속에 질문이 피어나기 시작한다.

'우산이 어딨는지 모르나? 선배는 나보다 똑똑하니까 그럴 리가 없는데…'
'옆에 가서 내 거라도 같이 쓰자고 할까? 그렇지만 그만큼 친하진 않은데…'
'그냥 모른 척하는 게 도와주는 건가…'
망설이는 동안 시간은 빠르게 흘렀고, 좀처럼 답을 찾지 못한 나의 고민은 인사 시즌마다 계속됐다.

답을 찾은 건 시간이 한참 흐른 뒤의 어느 일요일이다. 평소보다 비교적 여유로운 주말 근무를 하면서 못다 한 마음이 밀려온 걸까. 문득 그런 생각이 들었다. 더 늦기 전에 위로, 그걸 꼭 해야겠다고. 어떻게 해야 잘하는 건지는 모르겠지만 일단 해보자 생각했다. 편지 쓰고 글 쓰는 걸 좋아해서 다이어리에 항상 끼워 다니는 편지지가 눈에 들어왔다. 그냥 예뻐서 가지고 다니던 보라색 엽서가 그렇게 요긴하게 쓰일 줄이야! 가장 마음에 드는 한 장을 꺼내 조용히 적었다. 거창하고 대단한 위로의 말없이 그냥 솔직하고 수수하게.

"인생을 겨우 27년밖에 살아보지 않은 저는 아직 어떻게 위로를 하는 건지 잘 모르겠어요. 그저 지켜보기만 했지만, 선배는 내 꿈이었어요. 제가, 제 자리에서, 제 방식대로 버티고 있듯이, 선배도 그 자리에서 꿋꿋하게 버티길 응원해요."

비어 있는 선배 자리 키보드 밑에 엽서를 끼워 넣으면서 그렇게 마음이 후련할 수 없었다. 위로하는 방법을 모르겠으면 그냥 할 수 있는 걸 하면 되는 거였는데. 아니, 애초에 위로라는 게 꼭 거창하고 대단한 말로 '괜찮아'를 해주는 건 아닐 텐데. 왜 그렇게 어렵게 생각했나 싶었다.

다음 날 아침, 답장이 왔다.
"그래, 나는 내 방식대로 버티고 있을게. 너도 네 자리에서 버텨내길."

비가 언제 그칠지는 스물일곱 살도, 마흔도, 반백 살도 모른다. 오히려 나이 들수록 배워가는 건 날씨는 사람 뜻대로 되는 게 아니라는 것. 그래서일까. 위로의 방법도 세월을 닮아 변해간다. '괜찮아, 다 잘될 거야'에서 '우리, 지금, 그저 각자의 방식으로 하루를 살아내자'로.

언제 밥 한번 먹자

"10.1% 올해 2분기 청년 실업률입니다. 취업한 청년조차 3명 중 1명은 비정규직인 것으로 나타났습니다."

스무 살 때 학교 방송국 수습 작품 원고 멘트를 지금까지 기억하는 나는 암기력이 좋은 편이다. 방송을 워낙 많이 하다 보니 순간적으로 원고를 외우는 건 점점 더 능숙해졌다. 덕분에 웬만한 대화는 남들보다 잘 외운다. 누구와 언제, 어디서 무슨 얘기를 했는지. 특별히 애쓰지 않아도 그냥 머릿속에 남았다.

사람을 만나는 게 일이었던 나는 사회초년생 시절, 아무 의심 없이 사람들이 하는 말을 믿었다. 내게 잘해주는 사람은 다 좋은 사람 같았고, 내게 웃어주는 사람은 다 착한 사람 같았다. 하지만 나이가 들면서 일하면서 나누는 대화 중에 꽤나 많은 것들은 그냥 '빈말'이라는 눈치가 생겼다. 특히나 '언제 밥 한번 먹자'는 직장인들에겐 그냥 '안녕하세요'처럼 입에 달고 사는 말이었다.

나의 첫 발령 날, 후배에게 물려주는 걸 하나도 아까워하지 않았던 선배는 나를 데리고 기자실을 돌면서 같이 인사를 시켜줬다. 선배들은 호기심 어린 눈으로 내 인사를 받으며 "아, 네가 ○○이 후배구나? 언제 밥 한번 먹자" 하고 웃으며 말했다. 한창 모든 게 신기했던 시절의 나는 그 말에 '나는 너와 친해지고 싶어'라는 뜻이 담겼다고 생각했다. 그리고 그 '언제'가 언젠가는 꼭 찾아올 순간이라고 믿었다.

하지만 선배가 떠나고 혼자가 된 나에게 그때 했던 약속을 지키겠다고 다가오는 사람은 정말 손에 꼽았다. 인터뷰를 끝내고 일어설 때도 별반 다르지 않았다. 수많은 취재원이 내게 마치 정해진 끝인사처럼 '기자님, 언제 식사 한번 하시죠'라고 말했지만, 지켜지는 약속은 드물었다. 딱히 악의를 지닌 말은 아니었지만, 그렇다고 책임감이 있지도 않았다. 어느 순간부터는 '언제 밥 한번 먹자' 고작 일곱 글자짜리 이 한마디가 그렇게 싫어졌다. 지키지 못할 약속을 쉽게 남발하는 사람들이 곱게 보이지 않았다.

그러던 어느 날, 나와 친했던 어느 기관의 홍보 담당자가 어느 선배와 식사 자리를 마련해달라고 부탁을 해왔다. 평소 같았으면 그냥 적당히 대답만 하고 넘겼을 텐데, 그때는 그녀가 너무 간절해 보여서 부탁을 외면할 수가 없었다. 눈치를 보다 선배가 안 바쁜 타이밍에 슬쩍 다가가 얘기를 꺼냈다.

"선배, 누가 선배랑 식사 한번 하고 싶다고 하는데요."

돌아온 선배의 대답은 원래 내가 찾아간 목적을 까먹을 만큼 놀라웠다.

"나는 약속 잡는데 분명한 기준이 있어서 '한번 보죠' 같은 건 안보거든. 서로 귀한 시간, 헛되게 쓸 순 없잖아."

보통 사람들은 마지못해 끄덕이는 '언제 밥 한번 먹자'는 말에 이렇게 당차게 분명한 기준을 내세울 수 있는 선배가 너무 신기했다. 그때 선배는 "그래도 네 부탁이니까 한번 만나나 보자"며 식사 자리에 함께하겠다고 했지만, 만약에 선배가 그 부탁을 거절했다고 해도 감정이 상할 것 같지 않았다. 바쁘다는 적당한 핑계를 둘러대며 피한 것도 아니고 있는 그대로 솔직한 이유를 대며 거절했으니. 사회생활을 할 땐 그럴듯한 예의도 중요하겠지만 나만의 분명한 기준도 필요하다는 걸 그때 처음 배웠다.

나만의 기준은 무엇이 되어야 할까 고민하던 나는 '지키지 못할 약속은 하지 말자'는 나만의 기준을 세웠다. 처음 보는 후배들이 인사를 할 때면 인사차 하는 '밥 먹자'는 말은 아꼈다. 대신 마음을 다해 먼저 친해지자고 다가오면 그 자리에서 바로 휴대폰을 꺼내 들어 스케줄을 확인해 약속을 잡았다. 누군가에게 대접받았던 기억을 되살려 아주 그럴듯한 식당에 직접 예약했다. 나는 너와의 약속을 귀하게 생각하고 있다고 느끼게 해주고 싶었다.

세상에 빈말이 없을 수는 없겠지만, 나만큼은 한 명쯤의 믿어도 되는 사람으로 남아주고 싶었다. 오늘 나간 취재에서 어느 시민의 인터뷰가 얼마나 감동적이었는지, 중간에 밥을 먹었는데 그게 얼마나 맛있었는지 해맑게 쫑알거리는 너희의 모습을 조금이라도 더 오래 보고 싶었다. 그냥 그렇게, 그 시기에만 지닌 순수함이 빛을 잃지 않게 지켜주고 싶었다.

딱 이만큼의 온기

버스 제일 앞자리에 앉은 사람만 누리는 특권이 있다면 그건 바로 세상 쿨해 보이는 기사님들의 소박한 온기를 느낄 수 있다는 것이다.

고속도로에서 버스전용차선을 지날 때 기사님을 가만히 보고 있으면 건너편에 같은 버스 회사 차가 지나갈 때마다 기사님들은 눈썹 옆에 한쪽 손을 올리며 짤막한 인사를 건넨다. 버스에 수많은 사람이 오르내려도 눈길만 슬쩍 주고 묵묵하게 운전을 준비하던 그들에게 서로 인사를 건네는 순간만큼은 인간미가 느껴진다. 백미러로 살짝 비치는 그들의 얼굴에 스치는 순간의 미소가 그렇게 예쁘달까. 최소 한 시간, 길면 몇 시간을 가야 하는 운행 시간에 찾아오는 그 찰나의 순간이 좋았다. 내가 운전을 하는 것도, 나에게 인사를 하는 것도 아니지만 맨 앞자리에서만 볼 수 있는 특별한 순간을 누리는 것 같았다. 마음 편히 앉아 드라이브하는 듯한 느낌과 함께 덤으로 누릴 수 있는 온기는 내가 늘 제일 앞자리를 고집하는 이유다.

그리고 딱 그만큼의 온기는 내게도 일하는 도중 틈틈이 찾아왔다. 머리카락도 얼어버릴 것 같은 추위 속에서 촬영하던 날, 덜덜 떠는 나를 보며 선배가 물었다.

"추울 땐 어디를 제일 따뜻하게 해야 하는지 알아?"
"심장?"
"아니, 목 뒤에. 목덜미를 따뜻하게 해야 그나마 덜 추워. 그러니까 이따가 집 가면 목 뒤에 뜨거운 물 한참 뿌리면서 몸 좀 녹여."

그날 이후로 추운 날 밖에서 떨다 돌아온 날이면 선배 말이 생각나 뒷목을 따뜻한 물로 한참 녹인다. 그 소박한 온기가 하루의 피로까지 다 녹여 내리는 것 같았다.

한창 어지러움이 심해 힘없이 겨우 걸어 다닐 땐 말하지 않아도 내 상태를 알아주는 마음이 있었다. 초록불이 깜빡이던 횡단보도, 서둘러 걸음을 옮기는 사람들 틈에서 내 옆을 걷던 선배는 조용히 말했다.

"너 못 뛰지? 다음 거 건너자."

온종일 있던 기자실에서는 티 낼 수 없던, 카메라 앞에서도 절대 들킬 수 없던 나의 약한 구석을 말하지 않아도 알아주는 그 마음의 온도를 아직도 기억한다.

늘 화려한 것보단 이렇게 소박한 게 좋았다. 꼭 대단한 응원이 아니어도, 굳이 값비싼 선물이 아니어도, 은은하게 오래가는 온기가 그렇게 좋다. 딱 이만큼의 온기면 버틸 수 있지 않을까? 제법 고단한 어느 하루라도 말이다.

가장 이기적인 사람이 이타적인 사람이다

우리는 결코 그럴 수 없다는 걸 알면서도 모두에게 좋은 사람이 되고 싶어 한다.

좋은 사람이 되기 위해 사람들은 대개 베푸는 것에 집중한다. 가족들에게 베풀지 않는 친절을 출근해 마주하는 이들에게 베풀기도 하고, 동료들에게 자진해서 밥이나 간식을 사기도 한다. 힘들어하는 동료에게 '네 마음 다 알아'라며 위로를 건네고, 때로는 그를 힘들게 한 타인을 함께 비난하며 공감해주기도 한다. 좋은 사람이 되기 위해 시간과 에너지를 쏟는 건 월급 받으며 하는 일 중에 제법 당연한 일에 속한다는 말이다. 특히나 직장에서는 더더욱. 요즘엔 많은 회사가 동료들의 평판을 승진에 반영하는 '다면평가제'를 운영한다. 더 빨리 올라가고 더 많이 벌고 싶다면 좋은 사람이라는 타이틀은 누구나 욕심낼 만하다. 그리고 꼭 이 때문이 아니더라도 좋은 사람이 되고 싶은 건 인간 누구나 가진 기본 욕망인 듯하다.

    하지만 막상 직장 생활을 시작하면 이것저것 베풀기보다 그저 '1인분'을 해주는 사람이 고마울 때가 많다. 나 역시 지금껏 같이 호흡을 맞춘 선배 중에 가장 고마운 사람을 꼽는다면 무던한 성격으로 묵묵히 1인분을 해준 사수가 제일 먼저 생각난다. 제 몫을 온전히 해내는 게 쉬운 듯 보이지만 일하다 보면 본의 아니게 민폐를 끼치게 되는 날들이 많다. 동료의 민폐가 나에게까지 영향을 미쳐 계획에 없던 야근을 하거나 나까지 상사의 꾸지람을 듣는 일도 부지기수다. '내가 잘못한 거 아닌데' 하는 속마음을 회사에서 꺼내놓기 적당하진 않으니 억울해도 참고 넘겨야 어쩌겠나. 그러니 옆 사람에게 불편한 존재가 되지 않으려면 그저 내 자리에서 묵묵히 내 일만 잘해도 평균은 간다. 주어진 업무를 정말 못 하겠다 싶은 순간에는 혼자 끌어안고 속만 끓이다 타이밍을 놓치지 말고 도움을 청하는 용기가 필요하다. 사고가 나기 전에 상황을 알리고 방법을 찾는 게 팀원과 조직을 도와주는 길이니.

    꼭 일만 잘하면 된다는 뜻은 아니다. 꾸준하게 운동하며 체력 관리를 잘해 갑작스러운 결근이 없는 것도 1인분을 다하는 일이다. 버티기에 급급해 스스로가 보이지 않는 날에 몸과 마음이 지쳤다는 걸 인정하고 나를 돌볼 적당한 방법을 찾는 일도 그렇다. 모두에게 좋은 사람일 수 없다는 사실을 겸허하게 받아들이는 태도도 필요하다. 타인에게 의존하지 않고 그렇다고 민폐를 끼치지도 않고, 온전히 두 발로 서는 방법을 배워나가는 게 1인분을 해나가는 길이라고 믿는다.

인생을 한참 먼저 산 교수님은 이런 세상의 순리를 알았던 걸까. 졸업식 날 축사 자리를 빌려 말했다. 가장 이기적인 사람이 이타적인 사람이라고. 철저하게 이기적인 사람이 먼저 되어야 타인을 위할 수 있다고 말이다. 이제 갓 월급을 받기 시작한 새내기 직장인이었던 나는 이해하지 못한 축사였지만 돌이켜보니 세상에 첫발을 내딛는 제자들에게 꼭 필요한 가르침이었다. 좋은 사람이 되려면 우선 나부터 잘 챙기자.

월급 받으며 한 일 중에 가장 잘한 일

시간을 내 달라는 부탁을 쉽게 거절하지 않는 건 사람을 대하는 내 나름의 원칙이다. 몇 가지 이유가 있다.

가볍든 무겁든 타인의 용건을 들어보지도 않고 쉽게 판단하지 않기 위해.

거절당하는 기분이 어떤지, 인터뷰 섭외를 하면서 수도 없이 당해본 나도 잘 아니까.

그리고 마지막으로, 아무리 바빠도 내고자 하면 나는 게 시간이니까.

그런데도 어느 겨울 한 대안학교 학생의 연락은 흔쾌히 수락하기엔 어려웠다.

취재를 통해 인연이 닿은 그 학교는 이후에도 따로 몇 번 더 찾아갈 만큼 많이 아꼈다. 아이들의 밝은 에너지가 유난히도 기억에 남는 학교라 갈 때마다 나까지 두근거렸다. 교실에 들어서는 순간부터 박수로 나를 맞아주는 덕에 팬미팅 하는 느낌이 들 정도였다. 마주하는 아이들의 눈망울은 너무 맑게 반짝여서 이보다 더 빛날 수 있을까 싶었다.

선생님의 교육 방식도 인상 깊었다. 처음 취재로 연락했을 때 선생님은 아이들이 인터뷰 여부를 직접 결정할 수 있게 해주고 싶다며 학생들과 직접 연락해보길 권했다. 이번 연락도 마찬가지였다. 하루 동안 나를 동행 취재하며 직업 체험을 해보고 싶다는 연락을 선생님이 아닌 학생이 직접 해왔다. '나도 열일곱 살에 이렇게 당찼나?' 하는 생각에 나도 모르게 입꼬리가 올라갔다.

연락을 받고 반나절 동안 정말 많이 고민했다. 과연 내 일상을 보여주는 게 맞을까, 보여준다면 어떤 일상을 보여줘야 할까. 입사하고 학교의 초대를 받아 선배와의 대화 시간에 멘토로 섰을 때도, 기자를 하고 싶어 하는 후배들이 상담을 요청해올 때도 '기자 좋아요, 꼭 하세요'라고 말하지 못했던 내가 이미 퇴사를 고민하는 지금 과연 무슨 말을 할 수 있을까. 아이는 나와의 시간을 '세상 만나기' 시간이라고 불렀는데, 누군가의 '세상'이 되기엔 내가 부족한 게 너무 많은 것 같았다.

그래도 수락한 건 그 나이의 내가 그랬듯, 이제 겨우 10대 후반을 지

나는 아이가 해보고 싶은 걸 다 해봤으면 하는 마음 때문이었다. 늘 후배들에게 바라온 마음처럼.

세상을 마주하기 시작할 때 많이 도전해보길 바랐다. 잃을 게 많아지면 새로운 것에 뛰어들기 어려워지니까. 시험장에 들어가는 날엔 절박하기보단 당당하길 기도했다. 그 나이에는 모를 테지만, 누구나 가진 게 없는 사회초년생 때는 당당함만으로도 충분히 반짝일 테니까. 한 번한 번의 탈락엔 무덤덤하기보단 솔직하게 속상함을 털어놓을 수 있었으면 했다. 우는 방법을 벌써 잊어버리면 나중에 어떻게 정말 울고 싶을때 어떻게 해야 할지 모를 수도 있으니까. 그러다 결국 찾아오는 힘든시기에는 너무 아프지 않았으면 했다. 내가 넘어질 때 너무 아팠으니까내가 아끼는 후배는 그만큼 아프지 않길 빌었다.

이 마음을 담아 아이가 부탁한 '세상 만나기' 시간을 수락했다. 그리고 자신만의 세상을 만나러 온 아이에게 화려한 방송국 스튜디오를 보여주지 않았다. 그저 정말 내가 일하는 어느 평범한 하루에 초대했다. 좁은 자리에서 노트북을 켜고 누군가의 말을 정신없이 타이핑하는 모습과, 현장에 일찌감치 나와 앉지도 못하고 몇 시간을 내리 서서 열심히 영상에 담는 영상취재 선배들의 모습을 그대로 보여줬다. 가장 솔직하게 보여주는 게 내가 할 수 있는 최선이라고 생각했다.

그렇게 소박한 어느 하루를 함께한 아이는 헤어지며 직접 쓴 손편지와 함께 또 하나의 편지를 건넸다.

"선생님이 기자님 만나면 갖다주랬어요."

집에 와 읽어본 편지에는 이렇게 쓰여 있었다.

먼저 진심으로 감사합니다. 저희 학생들이 만날 '세상'이 되어주셔서. 열일곱 살 그 언저리에 있는 청소년은 자신이 살아갈 세상에 대해 기대와 희망만 품고 있진 않습니다. 오히려 막연한 불안과 두려움으로 서둘러 도전을 포기하거나 절망하곤 합니다. 세상 만나기는 앞으로 만날 세상을 정확하게 파악해, 섣부른 기대도 막연한 두려움과 불안에서도 벗어났으면 하는 바람으로 기획한 활동입니다.

만남 이후의 아이들은 세상에 대한 기대와 믿음이 생겼다는 말을 많이 합니다. 자신들의 '세상'이 들려주신 메시지 덕분이기도 하겠지만, 무엇보다 아무런 인연도 없는 어른들이 자신을 위해 정성을 다해주시는 그 모습을 보고 느끼는 듯합니다. 그러므로 만나주시는 것만으로도 아이들은 세상으로 나갈 용기를 얻습니다.

부족한 점이 보이면 제대로 할 수 있도록 알려주시면 감사하겠습니다. 교육 공간과는 달리 실제 세상은 그렇지 않다는 것을 알아가는 것이 '세상 만나기'의 진면목이라 생각합니다.

아이들의 세상이신 여러분의 일상에 평화와 건강이 함께하길 빕
니다.

선생님의 바람이 이런 것이었다면, 내가 보여준 하루는 제법 취지에
맞는 것 같아 마음이 놓였다. 그리고 생각했다. 월급 받으며 한 일 중에
가장 잘한 일이었다고. 기자가 되어 보낸 날들 중에 가장 뿌듯한 날이
었다.

내 사람 한 명이라도 남겼으면,
그건 성공한 거야

왜인지 모르겠지만 난 눈치가 빠른 편이었다. 혼자 그렇게 생각하기도 했지만, 곁에서 한 번씩 말하곤 했다.

"눈치가 진짜 빠르구나?"

보고 있으면 그냥 느껴졌다. 누가 누구와 결이 잘 맞는지, 어느 팀 공기가 싸한지. 굳이 느끼고 싶지 않아도 느껴지는 공기는 지금도 그렇지만 신입사원 때는 특히나 많이 벅찼다. 일 배우기만 해도 하루가 부족한데 주변 눈치까지 보려니 혹시나 내가 잘못 건드렸다 공기의 흐름을 흐트릴까 두려웠다.

그런 내게 탕비실은 특히나 더 부담스러운 공간이었다. 키보드 앞에서 은밀했던 대화가 탕비실에서는 수면 위로 올라온다. 멀찌감치 떨어져 있던 자리와 달리 탕비실에서는 서로의 어깨가 가까워진다. 삼삼오오 모여 속닥이는 '우리끼리'의 얘기가 혹시나 새어 나가지 않아야 하니 말이다. 그렇게 네 편 내 편이 가장 적나라하게 나타나는 공간이 나는 유독 불편했다.

어느 아침도 마찬가지였다. 몰려오는 피곤에 따뜻한 차 한 잔이 필요했던 나는 탕비실에 거의 다다를 때쯤 다시 발걸음을 멈췄다. 몇몇이 모여 속닥이는 소리가 들려왔기 때문이다. 알고 싶지 않았다. 누가 누구와 무슨 이야기를 하는지. 알면 그게 무엇이든 지금보다 신경 쓸 게 하나 더 늘어나니까. 입 밖으로 꺼내놓는 타인에 대한 험담은 내겐 너무 차가웠고, '우리끼리만' 공유하는 재밌는 이야기는 반대로 또 너무 뜨거웠으니. 무엇이든 내겐 적절한 온도가 아니었다.

직장인이 된다는 건, 회사에 적응한다는 건, 이렇게 무리에 녹아드는 걸 말하는 걸까. 나를 감싸는 공기가 너무 어려웠던 날, 그나마 의지하는 선배를 찾아가 조용히 물었다.
"선배, 파벌에 휩쓸리지 않으려면 어떻게 해야 해요?"

선배는 피식 웃더니 답했다.
"파벌에 휩쓸리지 않으려면? 자존감이 진짜 높아야지."

그는 겨우 20대 중반의 병아리가 이런 고민을 하는 게 안쓰러웠는지 한마디 덧붙였다.

"근데 너 자존감 엄청 높아 보이는데? 뭘 걱정해."

'그건 맞아' 하는 생각과 함께 그동안 묵직한 공기에 눌렸던 자신감이 꿈틀했다. 하지만 하루아침에 모든 것에 태연해질 수는 없었으니 회사에선 말수가 점점 줄어갔고, 결국 막내가 불편한 공기에 눈치 본다는 걸 안 어느 선배는 이렇게 말하기도 했다.

"직접 겪어보기 전에는 사람 판단하는 거 아니야. 나랑 안 맞는 거지, 너랑 안 맞는 건지는 아직 모르잖아."

그건 마치 '피하지 말고 부딪혀봐. 너의 세상에 들일 사람 정도는 네가 결정해야 하지 않겠어?'라는 조언 같았다. 그때부턴 너무 멀지도 너무 가깝지도 않게 '적당함'을 유지하며 살아가는 연습을 시작했다. 애써 어떤 무리와 친해지거나 그 안에 함께하려고 맞추지는 않았다. 그렇다고 커피 한잔하자며 내게 다가오는 이들을 피하지도 않았다. 우리 둘이 나눈 이야기는 그저 그 자리에 두고 왔다. 괜히 여기저기 전하고 싶지 않았다.

신기한 게 적당한 거리감을 지향하다 보니 정말 아끼고 마음을 나누는 사람은 더 선명하게 구분되어 내 옆을 지켰다. 그렇게 하루하루 보내는 시간이 쌓여 어느덧 회사를 떠날 때쯤, 자꾸만 공허해지던 나를 안아주며 나의 사람은 말했다.

"내 사람 한 명이라도 남겼으면, 그건 성공한 거야. 봐봐 나 남았잖아. 그동안 수고했어."

덕분에, 우리가 사는 이유

오랜만에 만난 후배들이랑 밥을 먹는데 어느 후배가 물었다.
"선배, 힘들 때 버티게 한 건 뭐였어요?"

조금의 망설임도 없이 바로 답했다.
"사람이요."

나도 모르게 답하면서도 입꼬리가 올라갔다. 한때 나를 버티게 했던, 아니 지금도 나를 버티게 하는 든든한 내 편들이 생각나서.

지금껏 살면서 가장 행복한 12월 31일은 스물여섯이었던 해의 마지막 날이었다. 많은 직장인이 연차를 쓰거나 일찍 퇴근해 사랑하는 사람들과 행복한 시간을 보내는 1년의 마지막 날, 나는 어김없이 늦게 끝났다. 12월 31일 밤과 보신각은 떼놓을 수 없는 짝꿍이니까, 당연히 그날의 주인공인 보신각의 모습을 전하는 건 기자라면 누군가는 해야 할 일이었다.

팬데믹 시기였던 그해 연말은 지금처럼 보신각에 다 같이 모여 카운트다운을 할 수 없었기에 한기가 괜스레 더 크게 느껴졌다. 그래도 그건 그해의 12월 31일만이 가진 고유한 쓸쓸함이니 힘든 겨울을 보내고 있는 자영업자 인터뷰부터 시작해서, 아쉬운 마음에 명동 거리를 가득 메운 시민들의 인터뷰까지 담느라 온종일 발걸음을 서둘렀다.

'이러다 핸드폰 꺼지면 어떡하지?' 싶을 만큼 너무 추운 밤, 이제 마지막 중계만 앞두고 보신각 앞에서 원고를 정리하며 스탠바이를 시작했다. 인이어와 마이크를 찬 채라 어디 가지도 못하고 얼어붙는 발을 어쩌지도 못하며 발을 동동거리던 그때 누가 옆에서 나를 불렀다.

"서 기자님?"

인이어 때문에 소리가 잘 안 들려서 '누구지?' 하고 어둠을 뚫고 자세히 바라보니 몇 발짝 옆에 친한 선배가 나랑 똑같은 모습으로 중계를 준비하고 있는 게 보였다. 둘 다 움직일 수가 없어서 많은 대화를 나누진 못했지만, 순간 추위를 잊을 만큼 얼마나 반가웠는지 모른다. 그제야 주위를 둘러보니 보신각을 둘러싸고 꽤 많은 기자가 추위에 떨며 각자 중계를 준비하고 있는 게 보였다.

우리는 말하지 않았지만 알았다. 오늘 너의 하루 역시 제법 고단했으리라는 것도, 1년의 마지막 날까지 바치며 일하는 우리를 서로 응원한다는 것도. 그래서인지 우리는 처음 보는 사이에도 각자 마지막 방송이 끝나고 짐을 챙기며 "고생 많으셨습니다" 하며 짤막한 눈인사를 나눴다.

밤늦게 회사로 돌아가는 길, 차에 타자마자 히터가 나오는 곳 앞에 두 손을 갖다 댔다. '후아, 끝났다' 하는 후련함과 함께 언 속을 녹이던 그때, 카톡방에 긴 메시지가 올라왔다.

정말로 단 1%도 더하지 않고, 서울시에 가는 게 즐거웠던 건 여러분이 있어서입니다. 우리 또 볼 거지만, 그래도 새해를 앞두고 여러분이 저한테 있어서는 정말 정말 도움이 됐고, 큰 힘이었다는 걸 꼭 말씀드리고 싶었어요. 새해 복 많이 받으세요.

어느 선배의 서프라이즈 장문 메시지가 뭉클해 한참이나 핸드폰을 바라보고 있었다. 내가 누군가의 하루에 도움이 됐다는 사실이 괜스레 뿌듯했다. 그리고 선배의 첫 메시지를 시작으로 우리는 각자 바쁜 12월 31일을 마무리하며 긴 인사를 이어 갔다.

병가 끝나고 복귀하면서 막막하고 하는 것도 없는 것 같아 고민이 많았는데, 딱 그때 효선 기자님 덕분에 이렇게 좋은 인연을 만났지 뭐예요. 저한테는 동기보다 반갑고 선배보다 든든하신 분들이에요. 새해에는 다들 적게 일하고 좋은 일만 가득하시길!

여기 계신 분들 만나서 즐겁게 한 해 보냈습니다. 출입처 떠난다고 연 끊기는 거 아니니, 내년에도 신나게 놀아요.

진짜 매사 도움 주고 신경 써줘서 진심으로 고맙고, 앞으로도 계속 연 이어 나가자.

하나하나의 메시지를 보면서 한 해 동안 우리가 함께 겪어낸 시간이 주마등처럼 스쳐 지나갔다. 너희 '덕분에' 올 한 해 잘 살아냈다는 인사가 너무나도 따뜻해서 그 순간만큼은 12월 31일에 야근을 한 것도, 제대로 밥도 못 먹고 온종일 추위에 떤 것도 다 괜찮았다.

사실 우리는 조금 전까지 카메라 앞에서 세상 당당하고 완벽한 사람처럼 일하다가도, 카메라가 꺼진 뒤에는 다 같이 제법 여렸다. 돌이켜 보면 오늘은 내가 아팠고 내일은 또 다른 누군가가 힘들었으며, 그러다 가끔 모이면 배꼽을 붙잡고 웃을 만큼 신나게 떠들었다. 누군가 결혼할 때는 다 같이 진심을 다해 축하했고, 누군가 연인과 헤어졌을 때는 그 선택의 이유를 묵묵히 들어주며 고개를 끄덕였다. 그렇게 우리의 1년이 지나갔다. 우리는 그렇게 서로의 희로애락을 함께하면서, '덕분에' 버텨 나가고 있었다.

그해의 마지막 날, 나는 빌었다.

'이렇게 마음을 나누며 함께 살아갈 수 있게, 앞으로도 사랑이 많은 사람이 되게 해주세요.'

하루를 살아내는 이들에게 전하는 온기

나를 일으킬 용기

초판 1쇄 발행 2024년 10월 25일

지은이 | 서효선
펴낸이 | 정광성
펴낸곳 | 알파미디어
편집 | 이현진
홍보·마케팅 | 이인택
디자인 | 황하나

출판등록 | 제2018-000063호
주소 | 05387 서울시 강동구 천호옛12길 18, 한빛빌딩 2층(성내동)
전화 | 02 487 2041
팩스 | 02 488 2040
ISBN | 979-11-91122-72-5 (03810)

출판을 원하시는 분들의 아이디어와 투고를 환영합니다. alpha_media@naver.com